光文社文庫

文庫書下ろし&オリジナル

因《いん》業《ごう》探偵 リターンズ

新藤礼都の冒険

小林泰《やす》三《み》

光 文 社

目次

ユーチューバー

俺は曲がり角の陰からじっと数十メートル先のビルを見張っていた。そして、人が通る度《たび》にカメラを構え、シャッター音を出さずに撮影する。

通行人のうち誰が単なる通りすがりで、誰が捜査員かはわからない。ただ、俺は男性二人組の通行人は相当怪しいと踏んでいた。

そして、時折カメラを建物の三階の窓に向ける。

カーテンが閉められているが、隙間から男の顔が見え隠れするのに俺は気付いていた。

あの男はあの窓から周辺を見張っているのだ。

だが、彼は自分が見張られていることにはまだ気付いていないようだった。周辺で立ち話をしている者、煙草《たばこ》を吸っている者、スマホを弄《いじ》っている者たちはあの男を見張っている。

そして、そのすべてを見張っているのがこの俺――忠城勝《ただしろまさる》だ。

俺はついついにやけてしまうのが抑えられなかった。

これは大スクープだ。

最初は偶然だった。

ネタを探して街をぶらついているときに、見知った顔を何人か見掛けたのだ。フリー記者としての勘が働いた。

人間は人の顔を正確に記憶することは殆《ほとん》どできない。ミステリドラマなどで、事件の目撃者の証言を元に寸分違わぬ似顔絵を描いたりするが、そんなことはありえないのだ。人間の脳は写真のように記録するのではない。人の顔の中で特徴的なポイントだけを記憶するのだ。だから、知っている人間の顔を思い出して描こうとしても、そのポイントだけしか覚えてないので、全体像がわからない。逆に言えば、見知っている顔なら、その特徴から一目で見分けることができる。ただし、それが誰であるかわかるかどうかというのはまた別の情報だ。

知り合いであることは間違いないが、誰だか思い出せないというのは、日常的によくあることで、それ自体は不思議な事でもなんでもない。不思議なのは、そのような人物が周囲に何人もいたということだ。

これが家の近所だったら、そういうことがあってもおかしくはない。毎日の買い物などで近所の住人の顔を見知っているだろうからだ。だが、ここは自宅からかなり離れた場所だ。ここで知り合いに会うことは滅多《めった》にない。

近所でないとしたら、仕事関係の可能性が高い。俺は普段出入りしている出版社の編集部の面々を思い浮かべた。さすがに、仕事相手なら、顔と名前が一致しないということはありえない。もちろん、バイトの名前までいちいち覚えたりはしないが、出版社のバイトがある場所に同時に大量に集まるという事態は考え辛い。

だとすると、警察関係か。

そう。事件を追っているときは、警察の記者会見などに出席することが多いが、直接の仕事のパートナーではないので、刑事の顔と名前が一致することはあまりない。しかし、そういう場所で見た顔はなんとなく記憶に残っている可能性がある。ということは、今この付近に捜査員が大勢集まっているということだ。

俺はすぐに携帯端末で、近くで事件が起きていないかを検索した。大手のニュースメディアもＳＮＳも何も伝えていない。

だとしたら、何の事件かよくわからないが、それはまだ世間には報じられていないのだ。

これはチャンスだ。

だが、俺は周囲をきょろきょろと見て回りたいという衝動を抑えつけた。警察の捜査員が大勢いる場所で不審な挙動をすれば、あっという間に目を付けられてしまう。警察にマークされては、取材どころではない。

そもそも、こちらが向こうの顔を知っているということは、向こうもこっちの顔を知っているということになるが、そのことについて俺はあまり気にしていなかった。

こっちが向こうに気付いたのは、見知った顔が何人もいたからであって、向こうからすれば、俺の顔を見たとしても、「顔見知りかな？」と思うぐらいで、一瞬で忘れてしまうだろう。

おれは買い物でぶらぶらしているふりをしながら、周辺の様子を探った。意識していなければ気付かないが、最初から警察関係者がいると思えば、それらしき人物は何人も見付かった。数ブロック程の小さな範囲に二十人以上の捜査員がいた。

これは結構大きな事件だ。

彼らの動きや視線を見ていれば、ある特定のビルを監視していることがわかった。

俺はビルの周辺を歩き、動きのおかしい窓があるのに気付いた。カーテンが閉められているが、時折男の顔が覗くのだ。

俺はぴんと来た。

これは立て籠もりだな。

俺はもう一度ネットを確認した。

まだ情報は出ていない。

これはどういうことだろう？　なぜ立て籠もりなのに、警察は発表しないんだ？　もっと情報が必要だ。

俺は応援を頼もうかどうか躊躇《ちゆうちよ》した。

他のフリー記者はもろに商売敵《がたき》だ。みすみす俺が摑《つか》んだ幸運をお裾分けしてやる必要はない。応援を頼むとすれば出版社だ。週刊誌編集部がおいしいネタだと判断したら、食いついてくるだろう。

しかし、だ。

ライバル関係にある複数の週刊誌に同じネタを売り込むことはできない。どこの出版社に売り込むかが問題だ。売り込み先を間違えたら、大変なことになる。俺からネタを取り上げて自分たちで見付けたことにしてしまうかもしれない。あるいは、その逆で、ぼんくらばかりで何の助けにもならないかもしれない。

いくつか週刊誌の名前が浮かんだが、どうにも決め手がなかった。

いっそテレビ局に売り込もうか。

考えてみれば、立て籠もり事件というのは、週刊誌ネタというよりはテレビネタだ。今取材しても週刊誌に記事が載るのは、二、三日後だ。それに較べてテレビなら、ほぼリアルタイムで映像を出すことができる。

テレビ局とは、今まであまり付き合ってこなかったが、全く伝手《つて》がない訳じゃない。確か、高校の後輩が一人、報道ディレクターになっていたはずだ。あいつに話を通せば、うまく映像を売り込めるかもしれない。

ちょっと待て。映像だって？

俺は自分のカメラを見た。動画機能が付いていない訳ではないが、機能的にはほぼ静止画に特化したもので腕だけで支えなければならない。こんなものを長時間顔の前で構えていたら、手が痺《しび》れてしまうだろう。それに安定した画面も撮れない。もちろん、何かを支えにするとか、工夫すればなんとかなるかもしれないが、心許《こころもと》ない。後輩に言って、ビデオカメラを持ってきて貰うか？

駄目だ。そんなことをしたら、ビデオカメラだけではなく、カメラマンが来てしまうだろう。主導権は完全にテレビ局のものになり、俺は単なる通報者になってしまう。

とりあえず、このカメラで、何か使い物になる映像を撮ろう。そして、それをテレビ局に売り込むと同時に、条件を交渉して、こちらが主導権を持ったまま、テレビスタッフを使って情報を収集する。結構、難しい交渉かもしれないが、初動さえ間違わなければ、何とかなるはずだ。なにしろ、俺は有利な立場にある。警察は犯人を監視し、犯人は警察を警戒している。しかし、両方を監視しているのは、俺一人なのだ。俺だけは誰にも監視も警戒もされていない。

俺は注意深く、すばしっこく、そして勘が鋭く、あらゆる気配を察知する。決して誰にも尻尾を摑まれることはない。

念のため、もう一度周囲の様子を確認しようとして振り向いた。

俺の背後、四、五十センチのところに、女がいた。肩にカメラを載せ、レンズを俺の方に向け、ファインダーを覗いていた。

「うへぇ～」俺はあまりに驚いたために、力が抜け、へんな声を出しながら、その場に座り込んだ。

女は無言のままレンズで俺を追った。

「いやいやいや。こんなことはおかしいだろ」俺は女に言った。「おまえ何者だ？」

「わたしは新藤礼都《しんどうれつ》」女は答えた。「そういう答えを期待してるんじゃないでしょうけど」

「もちろん、そんな答えを期待してるんじゃない。名前じゃなく、何と言うか、肩書というか、職業が聞きたいんだ」

「わたしは……そうね……」女は少し頸《くび》を捻《ひね》った。「ユーチューバーよ」

「ユーチューバー？」

「そう。ユーチューバー」

「ユーチューバーってあれだろ？　ゲームをしたり、新製品の解説をしたり、楽器を演奏したり、食べ物を粗末にしたりして、その映像をネットに流して金儲けする輩《やから》だ」

「そういう輩よ」

「とにかく撮影をやめろ」

「どうして？」

「不愉快だからだ」

女はカメラを止め、顔から離した。

齢は三十代半ばといったところか。棘《とげ》のある美人だが、俺の趣味ではない。

「あんたも隠し撮りしてたみたいだけど？」

「これは仕事だ」

「わたしも仕事よ」

「仕事って、街を歩いている普通の中年の後について、隠し撮りすることか？」

「街を歩いている不審な中年を撮ってたのよ。それに隠してなんかいないわ」

「俺が不審だった？　どこが？」

「普通の人なら、目的地があるはずよ。ところが、あんたはきょろきょろとあちこち偵察して回り、時々隠れて街の様子を見ていた。特にあのビルをね」礼都は例のビルを指差した。

「こら。指を差すな」俺は慌《あわ》てて、礼都の手を押さえた。

「あんたが盗み見てた人間を観察すると、やはりみんな不審な動きをしていたわ。もっとも、あんた程不審じゃなかったけど」

「俺が一番不審だったたってことか？」

「そうよ」

「そんなはずはない」

「でも、そうだったわ。他の男たち——たぶん捜査員ね——は監視対象がはっきりしていた。でも、あんたは何を監視していいかわからずにあっちこっち探り歩いてた。だから、一番不審な動きになったのよ」

「それにおまえが気付いたってことか？」

「ええ。そうよ」

「どうして、そんなことに気付くんだ？」

「いつも、街行く人の動きに注意しているから」

「何でそんなもんに注意してるんだ？」

「ネタ探しに決まってるじゃない。わたし、ユーチューバーだって言ったでしょう」

「なるほど。話はわかったから、さっさとどっかに行ってくれ。おまえと一緒だと目立ってしようがない」

「反対よ。一人で、こそこそしているから目立つの。二人で堂々とカメラを構えていたら、知り合い同士で何かを撮影に来ていると思って、却って目立たないわ」

確かに一理ある。この女、わりとセンスがあるのかもしれない。

「それに、せっかく見付けたネタだから、みすみす逃《のが》すはずないじゃない」

「ネタって何だよ？」

「あそこに、警察がまだ発表していない立て籠もり犯がいて、それに記者が気付いて、こっそり盗み撮りをしているってシチュエーションよ」

「おまえ、何でそんなことがわかるんだ⁉」

「わたしもあんたと同じものを見ているのよ。あるビルの周辺を二十人程の男たちが見張っている。そして、その男たちとは明らかに違う男もいて、あちこち盗み撮りしているとしたら、そう考えるのが一番自然よ」

この女、只者《ただもの》じゃない。しかし、ここにいられたのでは邪魔だ。

「ここは素人《しろうと》の来るところじゃない。さっさと帰れ」

「何度言ったらわかるの？　わたしはプロなのよ」

「自分はユーチューバーだって言ってたろ？　素人じゃないか！」

「ユーチューバーは映像で金を稼いでいるの。だから、プロよ」

確かに、この女のいうことは筋が通っている。だが、甘い顔は見せられない。

「金を稼いでるって言ったって、あれだろ。犯罪すれすれみたいなことをして、マスコミぶってるだけじゃないか。ほら、ちょっと前にも事件あったよな。『ドッキリチューブ事件』だっけ？　放火したんだろ？　殺人だったか、殺人未遂だったかもやってたよな？」

「あれは厳密に言うと、ユーチューバーじゃないわ。それに、わたしはそんな危ない橋は渡らない。もっと確実に稼ぐから」

「所詮、素人なんだよ。機材だけは、立派なもの持ってるようだけど……」

ん？　確かにいい機材もってるな。これなら、長時間の撮影にも耐えられそうだ。

「わかったわよ。余所《よそ》で撮ればいいんでしょ」礼都は背を向けて歩き出した。

「ちょっと待て。そのカメラ見せて貰っていいか？」

「嫌よ」

「まず話を聞け。交換条件がある」

「どんな条件？」

「二人で協力して取材をしよう。そうすれば双方にメリットがある」

「どんなメリット？」

「情報量も倍になるし、人手も倍になる」

「わたしとあんたの持っている情報は被《かぶ》るところが多いから倍にはならないわ」

「ちょっとした情報が重要になることもある」

「ナンセンスね。互いがどんな情報を持っているかは聞いてみなければわからないけど、聞いてから、協力するかどうかを判断することはできない。聞いた瞬間に情報は共有されてしまうから、後戻りはできないわ」

「まあ、賭けの要素があるのは否めない。それも含めての協力関係だ」

「すべての情報を開示するかどうかもわからない」

「それもまあ互いに信頼するしかないな」

「会ったばかりのあんたを信頼しろと？」

「この世界ではそういうことはよくあるんだ」

「人手のメリットは？」

「俺の人脈が利用できる。警察やテレビ局にコネがあるんだ」

「本当？」

「本当かどうかはすぐ確認できる。信用できないと思ったら、そこで協力関係を終わらせてもいい」

「それで、あんたのメリットは？」

「はっ？」

「わたしが得することしかないんだったら、あんたが協力の提案をしてくる訳がないわ」

「そうだな。ギブ・アンド・テイクは商取引の基本だ。そのカメラを貸して欲しい」

「はっ？　あんた、プロの記者だとか言ってなかった？」

「プロが常にすべての機材を持ち歩いているとは限らない。そもそも俺は雑誌記者なのだ。動画用カメラを持ち歩かないのは当然だ」

結構手強《てごわ》そうだ。諦めた方がいいかもしれないな。

「いいわよ」礼都はすんなりとカメラを差し出した。

「本当に？　いいのか？」

「ええ。カメラなら、まだ持っているし。それよりかは性能は悪いけど、充分使い物になるから」

俺は礼都からカメラを受け取った。使ったことのある機種なので使用方法を聞く必要はない。

「今度はそっちの番よ」

「えっ？」

「コネを利用して情報を収集するんでしょ」

「ああ。そうだったな。まず裏取りだ」

俺は視界の中の捜査員と思《おぼ》しき人物すべてを吟味して、一番経験が浅そうに見えるやつを選んだ。

そして、当然の如くその若造に近付いた。

礼都もすぐ後についてくる。

若造は不思議そうに俺たちの方を見ていた。

俺は自然に若造に近付き、耳元で小声で言った。「ご苦労さんです」

「はあ。どうも」若造は自信なさそうに答えた。

これで、もう勝ったも同然だ。経験のある捜査官なら、おまえは誰だ、とか、何の話だ、とか言って、質問してくるはずだ。こちらの呼び掛けにまともに対応してしまった時点で、こっちの術中に嵌《はま》ったと言えるだろう。

「犯人の様子はどうですか？　要求は前の通りですか？」俺は堂々と尋ねた。

「依然、膠着《こうちゃく》状態が続いています。犯人に警察が動いていることを悟られてはまずいので、大っぴらに見張れないのが辛いです」

犯人に警察が動いていることがばれるとまずい、ということはつまり犯人は警察に知らせるな、という要求を出しており、現時点で警察が動いていることは知られていないということだ。

「人質の状態はどうですか？」俺は思い切って鎌《かま》を掛けてみた。もし人質がいなかったら、俺が事件の詳細を知らないことがすぐにばれてしまうが、それはそれで仕方がない。

「子供たちの方は無事のようです。ただし、母親の方は腹部の出血が続いているそうです。犯人と被害者からの電話による連絡のみなので、目視《もくし》による確認はできていませんが」

なるほど。人質は大人の女性一名とその子供複数ということか。犯人は電話で、警察以外の誰かと連絡をとっている。女性は犯人に腹部を刺されて怪我をしているらしい。

外部と連絡をとったということは理由があるはずだ。おそらくは何らかの要求をしたのだろう。警察に知らせるな、というのは主たる要求ではなく、主な要求に付随するものだろう。

「犯人の要求の方はうまく手配できそうですか？」

多少、変な言い回しになってしまったが、犯人の要求が具体的にわからないのだから、仕方がない。

若造は不思議そうな顔をした。「手配ですか？」

「手配と言うか、準備ですよ」俺は慌てて取り繕った。

「あんた聞き方が下手ね」礼都が俺だけに聞こえるように囁《ささや》いた。

下手だと？　何が起きているのか、皆目わからないのに、ここまで突き止めたんだからたいしたものだろう。

「あの……失礼ですが」若造は少し心配そうな表情になった。「あなたはどちらの方でしょうか？」

一瞬、逃げようかと思ったが、周囲にこれだけ捜査員がいる中を走ったら、ほんの十数秒で確保されてしまうだろう。具体的な罪は犯していないが、しばらく拘束されて話を訊かれることになる。鬱陶《うっとう》しい状況は御免だ。

「ええと。お宅の上司の許可は得ているんだ。問題はない」俺は言った。

「『お宅の上司』なんて言い方、おかしいわ」礼都が囁いた。「嘘でもなんでも人名を言わないと」

そう。その通りだ。適当な人名を言って、偶然当たる可能性は低い。だが、うまくすれば、訂正して上司の名前を教えてくれることもあるし、そうでなかったら、人違いだと言っていったん退散すればいい。しかし、「お宅の上司」みたいな言い方をしたら、名前を知らないのは一目瞭然だ。

俺としたことが、焦って下手《へた》を打ってしまった。

「許可を得ている？」若造の顔色が変わった。「お名前を教えていただけますか？」

「おい。どうかしたのか？」別の捜査員らしき年嵩《としかさ》の男が近付いてきた。「この方はどなただ？」

「僕もそれを尋ねていたところです」若造が答えた。

「事件に関係があるのか？」

「それはわかりませんが、事件のことを知っている口ぶりでした」

年嵩の男は俺と礼都の顔をじろじろと見た。「知ってる顔だな」

「たぶん、警察の記者会見で何度か会ってるんだろ。俺はジャーナリストなんだ」俺は額の汗を拭いながら言った。

「いや。知ってるのは、そっちの女性の顔だ。どこで見たんだったかな？」

振り向くと、礼都はにやりと笑っていた。

「おまえ、この人、知ってるのか？」俺は礼都に尋ねた。

「いいえ。でも、この人がわたしの顔を見知っていてもおかしくはないわ。わたし、警察には多少有名だから」

ああ。問題行動の多いユーチューバーとして有名とか、そういうことだな。でも、その方が却ってよかったかもしれない。ユーチューバーだと言い張れば、見逃してくれるかもしれない。警察も今は忙しいので、ユーチューバーなんかに構っている暇はないはずだ。そうだ。とりあえずユーチューバーだと言っておこう。

「ああ。実は、我々はこの辺りで面白そうなものを探しているユーチュー……」

「わたしたち、雑誌記者よ。例の立て籠もり事件のことを掴んだので、取材しているの」

礼都が俺の言葉を遮った。

「いや。困るんだよ、君たち」年嵩の男は眉間《みけん》にしわを寄せた。「犯人は警察に連絡するな、と言ってるんだ。もし警察が動いていることがわかったら、何をするかわからない。まだマスコミには漏れてないはずだが」

「わたしたちは独自の情報網で、この事件のことを知ったの」

「独自の情報網？　まさか警察内部に情報源があるんじゃないだろうな？」

「それは言えないわ」礼都はにやりと笑った。

「とにかく、現時点での報道は控えていただきたい」

「もちろんよ。だけど、その代わりに情報を頂戴」

「何のことだ？」

「犯人の名前、犯行の経緯、動機、その他の情報よ」

「知らなかったのか？」

「知ってたわ。でも、全部じゃないし、間違っているものもあるかもしれない。わたしたちは正しい情報を発信したいの。……もちろん、箝口令《かんこうれい》が解かれた後でね」

「しかし、捜査情報を勝手に漏らす訳にはいかない」

「そう。じゃあ、現時点の情報だけで、報道を開始するわ。誰のせいでリークしたか調べられたら、警察内部でのあなたの立場はどうなるかしら？」

　捜査官は青くなった。

「……これは独り言だ。聞かないで欲しい」年嵩の男は情けない顔で言った。

「ねえ、このおじさん、何かぶつぶつ言ってるわ。聞かないでおきましょう」礼都はわざとらしく俺に言った。

「犯人の名前は畠川一郎太《はたけがわいちろうた》。物盗《と》りに入ったところで、住人と鉢合わせして、揉み合いになって刺してしまった。住人の夷池幸代《ひないけさちよ》さんは腹部を刺され、大量に出血しているようだが、意識ははっきりしている。畠川は夷池さんの知人に連絡して、彼女の命が惜しければ逃走用の車を手配してくれ、と頼んだらしい。ただし、警察に知らせたら、即座に夷池さんを殺す、と。知人が、すぐに車は手配できないと言うと、犯人は、とりあえず食料と包帯を持ってきてくれ、と言ったそうだ。知人はすぐに警察に連絡してきたが、犯人に人質を取られているうえ、警察が動いていること自体知られてはいけないので、迂闊《うかつ》に動くことができない。そんなところだ」

「犯人の名前はどうしてわかったの？」

「この付近で窃盗事件が多発していたので、内偵を進めていた。ほぼ畠川が犯人だと断定して、証拠を集めている最中だった。カーテンから覗く顔からも畠川だと確認できている」

「メモした？」礼都が俺に訊いてきた。

「ああ」

完全に主導権を握られている感じになっているが、礼都が刑事との折衝《せっしょう》をしてくれるのは助かる。

「じゃあ、頼んだぞ。くれぐれもリークはしないでくれよ」年嵩の男はさっさと去っていった。

俺と礼都はいったんその場を離れて、ビルが見えない場所に向かった。

「今日のところはここまでかしら？」礼都が言った。

「いや。これからだ」俺は携帯電話を取り出した。

「どこに電話するの？」

「テレビ局だ。報道局に知り合いがいる」

「まだ、報道しないでくれって言ってたわ」

「知るもんか。我々には報道の自由がある。警察による情報隠蔽《いんぺい》は断じて許容できない」

電話が繋がった。

俺は事件のあらましを後輩である報道ディレクターに伝えた。ただし、場所などの重要な情報は敢えて言わなかった。それを言うと、テレビ局が独自取材を始めてしまうかもしれなかったからだ。俺はマスコミのモラルなど信用していない。俺自身そんな実体のないものに縛られなどしていない。

「ネタをくれるのはいいんですがね」ディレクターが電話口で答えた。「信用していいんですか？」

「俺を信用できないって言うのか？」

「だって、何の証拠もないじゃないですか」

「だから、これから映像を撮って、そっちに送ってやるって言ってるじゃないか」

「その映像が本物という証拠があるんですか？　ガセを掴まされたりしたら、俺の責任問題になるんですよ」

「せっかくのスクープを見逃す方が責任問題になるだろ」

「じゃあ、警察に裏をとってから、連絡します」

「馬鹿か、おまえは。警察に問い合わせたりしたら、箝口令出されるに決まってるだろ。問い合わせなければ、知らなかったってことで、放送できるじゃないか」

「先輩だって、口止めされたんでしょ？」

「俺はフリーだから、組織の論理とは無関係だ。そもそも箝口令なんておかしいだろ？言論の自由があるんだから」

「人質の生命を守るためじゃないですか？　彼らには生きる権利があるでしょ」

「人々には知る権利があるんだよ。俺は二つの権利を天秤に掛けたりできない。両方とも大切だ。だったら、俺は自分の職務である報道を優先するしかない訳だ」

「それって、何かかっこいいこと言ってるつもりですか？」

「かっこいいんだよ。権力に屈しないジャーナリスト魂だ」

「なんだか、よくわからなくなってきました」

「おまえは考えなくていいんだよ。ただ、俺から映像を受け取って、それを流せばいい。それで視聴率が取れるんだ。もちろん、報酬は払ってもらう。どうだ？　ウィン・ウィンの関係じゃないか」

「どうも引っ掛かるんですよね」

「何が引っ掛かるんだ？　俺、何か間違ったこと言ったか？」

「いや。わからないですよ」

「なんでわからないんだよ？　頭悪いのか？」

「悪いっていうか、頭使うの面倒なんですよ」

「だったら、もうテレビ局なんか辞めちまえよ！」俺は暢気《のんき》なディレクターに苛立《いらだ》った。

「わかりましたよ。じゃあ、とりあえず、映像が撮れたら、局に送ってください。それを見て放送するかどうか判断します」

「絶対自分一人の手柄にするなよ！　ちゃんと金払えよ！　もし俺を裏切ったら、他の局にも映像売るからな！」

「はい、はい。わかりましたよ」

俺は電話を切った。

「あんまり乗り気じゃなかったみたいね」礼都が言った。「わたしが交渉したら、もっとうまく言ったのに」

確かに、そうかもしれない。しかし、俺はこの女にすべての交渉事を任せるつもりはなかった。こいつの好きにさせていたら、何もかも自分に都合のいいように牛耳《ぎゅうじ》られてしまいそうな気がするからだ。そもそも、俺は数十分前にこの女に会っただけで、彼女のことは何も知らないのだ。信用することなんてできる訳がない。

「いいや。テレビ局との交渉なんて、この程度でいいんだ」俺は言った。「あいつらは普段から仕事を下請けに任せているから、現場のことは何もわかっちゃいないんだ。くどくど説得したら嫌気が差すだけだ。そんなことより、もう一度あのビルの前に戻るぞ」

「あそこには捜査官がいっぱいいるわよ」

「大丈夫だ。あいつらは動けない。なぜなら、下手に動いたら、警察が来ていることを犯人に悟られてしまう危険があるからだ。俺たちはビルの前で記念撮影をするカップルのふりをすればいい。それなら、犯人には怪しまれない」

俺たちはそのままビルの近くに向かった。

捜査員たちがちらちらこちらを見ているのはわかっていたが、敢えて無視してビルの前でカメラを回した。

礼都には犯人には怪しまれないと言ったが、スマホや小型デジカメではなく肩載せ型のビデオカメラを使って撮影している時点で、不自然極まりなく、犯人に気付かれても不思議ではない。だが、もちろん俺は犯人に気付かれることなど何も恐れてはいない。俺は違法行為は何一つ行っていないのだ。

周囲の様子を映し、ときどきカメラを例の窓の方へ向ける。ずっとカーテンが映るだけだったが、数十分後にやっと隙間から覗く男の顔を撮影できた。

男はカメラがあるのに気付くと、慌てて首を引っ込めたが、ちゃんとデータとしては残っている。簡単な画像処理で、男の顔をはっきりとさせ、引き伸ばすこともできる。運が良ければ室内の状態や人質の様子もわかるかもしれない。

さらに、窓の方にカメラを向けていると、先ほどの刑事が近付いてきた。

俺はカメラを刑事の方に向けた。

刑事は多少怯《ひる》んだが、俺たちを睨《にら》み付けてこう言った。

「おい。さっき言っただろ。報道は控えてくれ」

「何の話だ？」

「人質の命が懸かってるんだ。報道は控えてくれ」

「報道？　俺たちは単に撮影しているだけだ。報道なんかしてない」

そう。俺たちは報道しない。報道するのはあくまでテレビ局だ。

「君たちの様子は犯人に見られた」

「えっ？　そうなのか？」俺は惚《とぼ》けた。

「実は畠川から夷池さんの知人に電話があったそうだ。窓の外でカメラを回しているやつがいるが、まさか警察に連絡したんじゃないだろうな、と」

「何と答えたんだ？」

「警察には連絡していない。カメラを回しているやつのことは知らない、と」

「なら、それでいいじゃないか」

「いや。よくはない。犯人はその答えを百パーセント信じた訳じゃなさそうだ」

「当然だろうな」

「今、すぐここから離れてくれ。人質の命が危ないんだ」

「はあ？」俺はわざと目を見開いた。「俺たちのせいで人質の命が危なくなったって言いたいのか？」

「そうは言っとらん」

「そういう意味のことを言いたいんだろ？」

「まあ、君たちの意図は違うところにあるのかもしれんが、君たちの行動が結果的に人質の命を危うくしていることは否《いな》めない。わかるだろ？」

「あんた、何、責任逃れしてんだよ!?」俺は声を荒らげた。

「責任逃れ？」

「人質の命を守るのはあんたらの仕事じゃないか！」

「もちろんだ」

「でも、もし人質が死んだら、俺たちに罪を擦《なす》り付けるつもりなんだろ？　こいつらが勝手に撮影を始めたから、犯人が激昂《げっこう》したとか何とか」

「現実にそんなことにならないように撮影を控えて欲しいと……」

「俺たちジャーナリストの役割は国民の知る権利を守ることだ」

「今、そんなことを言ってるんじゃなくて」

「これは大事なことなんだよ‼」俺は大声を出した。「ジャーナリストは知る権利を守る。そして、国民の命を守るのは、警察の仕事だろ⁉　責任転嫁するなよな‼　俺たちが国民の知る権利のために働いたとして、それで国民が死んだとしたら、それはおまえたち警察の怠慢《たいまん》じゃないか‼」

「静かにしてくれ。犯人に聞こえる」刑事は必死になって言った。

俺も刑事も例の窓の方は直接見ないようにしているが、時々カーテンの隙間からこっちを見ている気配は感じ取っていた。刑事はこれ以上、揉め事を続けたくないはずだ。

「じゃあ、一つ質問していいか？　それに答えてくれたら、ここは引き下がることにしよう」俺は少し態度を軟化させた。

この辺りは駆け引きだ。

「何を聞きたいんだ？」

「どうやって、犯人を制圧するつもりなんだ？」

「そんなこと言える訳ないだろ？」

「じゃあ、これから俺はこのカメラを例の窓にしっかりと向けて大声で犯人に呼び掛ける。ここに大勢の警察官が来ているって」

「自分が何を言ってるのか、わかってるのか？」

「ああ。大スクープになるな。ジャーナリストである俺が直接立て籠もり犯に呼び掛けるんだから」

「正気か？　そんなことをしたら、犯人は何をするかわからないぞ！」刑事は思わず怒鳴った後、慌てて口を押さえた。

「そうだ。犯人が何か突発的な行動をとったら、スクープとしての価値はさらに上がるな」

「世間はおまえを非難するぞ」

「それはどうかな？　世間はこういう事件を観たくてうずうずしているはずだ。逆に拍手喝采《かっさい》で歓迎されるんじゃないか？」

もちろん、俺だって、本当にそんなことをしたら、世間から非難されるであろうと思っている。だが、それはあくまで一般市民のポーズに過ぎない。人々はあらゆることを知りたがっているのだ。ジャーナリストはその手助けをするに過ぎない。

「はっきり言おう。もし、おまえが犯人に警察が動いていることを知らせたら、公務執行妨害に相当する。逮捕することもできるんだぞ」

「そんな脅しには屈しない。じゃあ、今すぐここで俺を逮捕してみろよ。連行されながら、大声で警察が来ていることをあいつに教えてやるから」

くすくす笑い声が聞こえた。礼都が笑っているのだ。

誰を笑っているんだ？　この刑事か？　それとも俺か？　なんとも不快な女だ。この件が片付いたら、もう二度と会わないでおこう。

刑事は額の汗を拭った。「絶対に他言は無用だ。約束してくれるか？」

「ああ。もちろんだ。俺ほど口の固い人間はいないよ」

「被害者である夷池さんの知人はあいつに食事を運ぶと約束した。ピザの宅配だ」

「なるほど。警官をピザの宅配員に成りすまさせる訳か。それで、玄関を開けさせることができるな。犯人である畠川が自分で玄関までピザを取りに来れば、その場で逮捕できる。だが、人質に取りにいかせたらどうする？　例えば、子供の命が惜しければ、黙ってピザをとってこいと母親に言うとか」

「母親は腹部に重傷を負っている。ピザを取りに行くには無理がある」

「だとしたら、子供を使うかもしれない」

「子供は三歳と五歳だ。わざと大きめの箱を持っていって、子供を手伝うという名目で、家の奥に行くつもりだ」

「突然、ピザ屋の宅配員が家の中に入ってきたら、犯人は激昂して、人質を刺すかもしれないぞ」

「その可能性はゼロとは言えない。しかし、畠川はそこまで切れる男じゃない。突然ピザの店員が部屋に入ってきたら、予想外のことに対応できない可能性が高い。その隙を狙って催涙弾《さいるいだん》を使えば、確保できる可能性は高いと考えている」

「いつ決行だ？」

「三十分後だ」

「なるほど。作戦はわかった。じゃあ、この場を離れるよ」俺は刑事に背を向け、さっと歩き出した。

「どうして、俺が取材を諦めたのか不思議だろ？」俺は礼都に言った。

「全然」

「負け惜しみを言うな」

「負け惜しみなんかじゃないわ。あんたの考えは全部わかっている。不思議なことは何一つないわ」

「じゃあ、俺の計画を言ってみろよ」

「警官がピザの宅配員に化けて立て籠もり現場に突入する様子を撮影できれば、これ以上の報道素材はない」

俺は返す言葉がなかった。すべて見抜かれていたのだ。

「だから、ここで騒いで犯人を激昂させてしまっては、そのシーンは撮れなくなってしまう」礼都は続けた。「今は、素直に引き下がると見せて、警察に作戦を実行させた方がいい」

「合格だ」俺はなんとか冷静を装った。「おまえを試してみたんだ。報道というものをわかっているかどうかを。見事及第点をとったな」

「今、わたしにテストをするというストーリーを組み立てたのね。駄目よ。さっき顔色が変わったのを見逃さなかったわ」

「顔色を変えたのは演技だ」

「もういいわ。言い訳を聞くのも面倒になってきたから」

いけすかない女だ。

「それで、どうするつもり？」礼都が尋ねた。

「偽のピザ宅配員が突入してくる現場を撮影する必要がある」

「その人の後にくっ付いていく？」

「さすがにそれは許してくれないだろ」

「じゃあ、どうするの？」

「犯人が立て籠もっている部屋は三階だったよな？」

「ええ」

「じゃあ、ぎりぎり可能だな」俺はスマホを取り出し、ディレクターに電話を掛けた。

「例の件だが、警察は三十分後……じゃなくて、もう二十分後に突入を掛ける」

「何だって！　もう時間がないじゃないですか」

俺は現場の住所を告げた。

「二十分で中継車を送るのはとても無理ですよ」

「その必要はない。俺が撮影して、そのまま動画データをネットでそちらに送る。突入の生放送ができるぞ」

「ちょっと待ってください。今の時間、うちではバラエティをやってるんですよ。いきなり、突入現場の映像に切り替えても、視聴者は混乱するだけじゃないですか。訳がわからないとチャンネルを変えられるかもしれない」

「じゃあ、事前に説明しとけよ。臨時ニュースが入ってきたとか、なんとか言って、事件のあらましと、これから警察の突入が始まるので、それを実況するというアナウンスを流せばいい。五分もあれば充分だろう」

「ちょっと待ってください。今から局長を通しますから」

「おまえに権限はないのか？」

「当たり前ですよ。まだペーペーのディレクターなんですから」

「もし局長に連絡が付かなかったら？」

「そのときはプロデューサーに言えば何とかなると思います」

「わかった。データの送り先だけ教えておいてくれ。後、今からは撮影に集中しなくてはならないから、撮影開始まで、そちらから連絡はしてこないでくれ。取材の成否《せいひ》が懸かってるんだ。頼むぞ」

俺はデータの送り先をメモすると、カメラをネット接続できるようにセットした。「こいつが直接ネット接続できるタイプで助かったよ」

「最近はユーチューバーも生放送が多いのよ」礼都が言った。

「素人に生放送はハードルが高過ぎるんじゃないか？」

「まあたいていはぐだぐだになるけど、それを面白がるマニアもいるわ」

「そんなもんか」俺は鼻で笑った。

俺たちは犯人が立て籠もるアパートビルの裏手に回った。

アパートの場合、一戸建てと違い、勝手口などの裏から入るドアはなく、入り口は玄関だけとなる。しかし、玄関の近くで、偽デリバリーを待ち受けていてもいい絵がとれる可能性はほぼない。ほぼ偽宅配員の背中しか見えないだろうし、ドアを閉められたら、全く撮影はできなくなる。ここは部屋の中からの映像がどうしても必要となるだろう。つまり、犯人が立て籠もっている家にこっそり忍び込まなければならない。

そんな方法があるのなら、警察がとっくにやってるって?

いや。そんなことはないのだ。警察の目的はあくまで人質の安全と犯人の確保なのだ。俺はどちらも全く気にしていない。ただ、大捕り物を撮影したいだけなのだ。だから、警察より遥かに大胆な行動ができる。

アパートの裏手には各部屋のベランダが並んでいた。

立て籠もり部屋の隣の部屋にもベランダがあるが、そこには数人の男たちがいた。

なるほど。警察は、いつでもベランダ沿いに突入できるように待機しているのだろう。

「よし、あの部屋に行くぞ」俺は礼都にそう言った。

部屋に着くと、当然のようにチャイムを押す。

住人がドアを開けた途端にずかずかと中に入り込む。

捜査員たちが慌てて近付いてくる。

俺は唇の前で人差し指を立てた。

「あの……どなたですか？」捜査員の一人が小声で言った。

「テレビ局の者だ」俺は答えた。「今回の事件の取材に来た」

「ちょっと今、取材はまずいんですよ。いったん引き取っていただけますか？」

「えっ⁉」俺はわざと大きな声を出した。「取材、駄目なのか⁉」

「しっ。静かにお願いします。人命が懸かってるんですよ」

「こっちだって、国民の知る権利が懸かってるんだ‼　国家権力に我々を排除する権利はない！」

「いや。そういうことではなくてですね。ちょっと待ってください。今、上司と相談しますから」

「それはそっちの都合だろ。我々は権力におもねる気は全くない。もし我々の取材を妨害したら、大騒ぎになるかもしれんぞ。騒ぎでここに警察がいることに犯人が気付いて人質を殺害したりしたら、誰の責任になるんだ？」

捜査員たちは物言いたげに俺を見た。

「まさか、一市民に人死にの責任を擦り付けるつもりじゃないだろうな?」

捜査員のリーダーらしき人物はぽりぽりと頭を掻いた。「つまり、取材をさせないと、ここで隣に聞こえるぐらいの大声を出すということですか?」

「そんな言い方をしたら、俺が脅迫しているみたいじゃないか!」

「いや。現に、あんたは我々を……」若い捜査員が怒りで顔を真っ赤にして言った。

「待て」捜査員のリーダーはその若者を制し、俺に話し掛けた。「知ってるかどうかわかりませんが、今から数分後、極めて重要な局面になるのです」

「そうらしいな」

「そのときまで、取材を控えていただければ、それでいいのです。その後は自由に取材していただいて結構ですから」

「何言ってるんだ!? 一番撮りたいのは、突入のシーンに決まってるだろうが!」

「しかし、ここにいても、そんな撮影はできませんよ」

「この部屋のベランダから、隣の部屋のベランダに移るのは、そんなに難しくない。そうだろ? この部屋にあんたらが待機しているのも、ベランダ沿いに隣の部屋に行くためだろ?」

「もちろん、逮捕の瞬間にはあらゆる方向から犯人を追いつめる計画です。だが、今、それをすると、犯人に気付かれる可能性が……」

俺はつかつかと家の中を歩き、ベランダの窓を開けた。

「いや。それは……」捜査員たちが一斉に俺に近付いた。

「ああ⁉」俺は大きな声を出した。

捜査員たちは凍り付くように静止した。

「俺は国民の知る権利と報道の自由を守ろうとしてるんだ‼　絶対に権力には屈しないからな‼」俺はベランダに出た。

礼都も無言でついてくる。

そう言えば、この女、あまり喋らなくなったな。もっとも、その方が気が散らなくていいが、何もしないなら、いる必要もないな。そもそもこの女、何でいるんだ？

ああ。そうか。このカメラ借りてたっけ？　でも、この女が俺にくっ付いてる意味はないよな。

「おまえ、何でついてきてるんだ？」

「取材よ」

「いいけどさ。カメラは俺が持ってるんだ」

「わたしのカメラだけどね」

「おまえ、ひょっとして、俺が撮った映像を自分も使おうと思ってるのか？」

それだと話がややこしくなりそうな気がした。時間がなかったので、ディレクターと権利関係の細かい話をしていなかった。基本的に、俺が撮影した映像には俺の権利があるが、テレビ局の委託で撮影したものだと、テレビ局に権利があることになる。そして、礼都が映像の使用を条件として、俺にカメラを貸し出したとしたら、礼都にも権利があることになるのかもしれない。そもそも、どんな会話をして礼都からカメラを借りたのかもよく覚えていない。

だが、まあ礼都の方は気にしなくてもいいだろう。どう考えても、一番手強いのはテレビ局だ。礼都が何を言おうと、吹っ飛んでしまうに違いない。俺もテレビ局と権利を争う気はない。ただ、充分な金を貰って、世に名前が出ればそれでいいのだ。

「あんたの映像は別に要らないわ」礼都は何を思ったのか、そんなことを言った。

「だったら、結構」

俺はベランダを犯人がいる部屋の方へと向かった。

捜査員たちは、俺を取り押さえるつもりなのか、ゆっくりと静かに近付いてきたが、俺が睨むと、顔を顰《しか》めて動きを止めた。

そう。今、俺が叫べばすべてがおじゃんだ。それは理解しているのだろう。

俺はわざと捜査員たちに見えるように微笑《ほほえ》むと、ベランダから身を乗り出して、隣の家のベランダを覗き込んだ。

ベランダには誰もいない。

少々危険だが、手摺《てすり》を乗り越えて、それを伝って、隣に移動することにした。

ベランダ間の隔て板を破壊すれば、もっと楽に移動できるが、さすがにそんなことをすると、大きな音がして犯人に気付かれてしまう。そんなことになれば、偽配達員の計画が失敗してしまうかもしれない。

「あああ」俺が手摺を乗り越えると、捜査員たちは小さな悲鳴を上げた。

俺は構わず、カメラを抱えたまま、慎重に手摺を握りしめた。

大丈夫だ。落ちる気配はない。

俺はゆっくりと身体を移動させる。

おそらくは今がもっとも危険な作業だ。

捜査員たちは、一人残らず、戻って来いという身振りをしていた。

俺はそれが愉快だった。

ここは三階だから、失敗して落ちても、怪我はするだろうが、死ぬほどのことはないだろう。ただ、物音で犯人に気付かれる可能性はある。あいつらは俺が落下する危険を冒すような下手な真似はできないのだ。

　こいつらは誰一人俺に手を出すことはできない。報道の自由の勝利だ。

　俺は高笑いしそうになるのをなんとか我慢した。

　一分も経たずに、俺はベランダの境界を超えた。

　今度は外から内側に向かって、手摺を乗り越える。これも少し緊張する作業だが、それほど難しいものではない。難なくやり遂げた。

　俺は手摺の上に身を乗り出し、捜査員たちと礼都に親指を立てて見せた。

　誰一人反応しなかった。

　乗りの悪いやつらだ。

　窓にはカーテンが掛けられている。

　隅の僅かな隙間からそっと中を覗いてみた。

　一人の男が苛々と歩き回っていた。足下には女性が倒れており、酷《ひど》い出血のようだった。

　二人の子供たちが蹲《うずくま》っていた。泣いてはいないようだったが、ひょっとすると泣き疲れて、もう動けない状態なのかもしれない。

　この状態でピザの宅配が来たら、男が出ざるを得ないだろう。もし、俺がこの男だったら、ドアを開けずに、ピザは玄関の前に置いていけ、と言うだろうが、この男がそこまで知恵が回るかどうかはわからない。

　時々見える男の目は血走っていた。右手には血が付いた細長い刺身包丁を持っている。左手はスマホらしきものを持って、その画面に見入っていた。

「畜生！　これは何だ⁉　絶対、ぶっ殺してやる‼」男の目は攣《つ》り上がり、顔を真っ赤にして歯軋《はぎし》りをしていた。相当怒っているようだった。

　俺は嫌な予感がした。

　スマホにはテレビのチューナーが付いている機種が多い。男は右手で操作をせずにじっと画面を見続けている。つまり、文章を読んでいるのではなく、映像を見ている可能性が高い。

『臨時ニュースが入ってきたとか、なんとか言って、事件のあらましと、これから警察の突入が始まるので、それを実況するというアナウンスを流せばいい』

　俺は確かにそう言った。言ったときには気付かなかったが、それをテレビに流したら、犯人にも見られてしまう可能性がある。

　俺は舌打ちをした。

もう一度犯人を見ると、今度はどこかに電話を掛けていた。

「おい。そこのテレビ局の人」捜査員が小声で呼び掛けてきた。「すぐに戻りなさい。大変なことになった」

俺は振り向いて、唇に人差し指を当てた。

「作戦は一時中止だ。なぜか犯人に計画がばれてしまったようだ。俺を馬鹿にしやがってとか何か大変な権幕《けんまく》で、被害者の知人に電話を掛けてきたらしい。これからすぐにぶち殺すとか何か言って切れたということだ」

いけるかもしれない。

俺は一つの可能性に気付いたのだ。

確かに、計画は狂ってしまった。だが、これはこれで構わないとも言える。

自分を騙《だま》す計画が進んでいると知って、犯人は激昂している。そして、ぶっ殺すと言っている。つまり、人質が犠牲になってしまう可能性が高い。もし、俺がその様子をカメラに収めてテレビに流したらどうだ?

おそらく番組はすぐに映像を止めるだろう。だが、一瞬でも流れれば、こっちのものだ。決死の撮影を行ったジャーナリストとして、俺は有名になるだろう。そして、人質をみすみす犠牲にしてしまったのは警察の大失態だ。俺を責めるやつらもいるだろうが、なに構うものか。俺は報道の自由を貫いただけだ。今回の責任は情報をリークした警察にあるのは間違いない。

俺はカメラを起動させた。

あとはこれで撮影すればそれでいい。

ポケットの中でスマホが振動した。

おそらくディレクターからの催促の電話だろう。

連絡するな、と言っておいたのに、迂闊なやつだ。とにかく今は返事している時間はない。とにかく、撮影を始めなくてはならない。映像が届けば、あいつも安心するだろう。

カメラを肩に載せ、立ち上がる。カメラのレンズをカーテンの隙間に合わせる。

モニターに犯人のアップが映った。

あれ？　犯人の顔写真の映像がテレビ局から送られてきたのか？

俺はもう一度設定を確認しようと肩からカメラを下ろした。

目の前、三十センチの場所に犯人――畠川の怒りに満ち満ちた顔があった。返り血を浴びて真っ赤になっている。

「俺を馬鹿にしやがって！」畠川は窓を開けると同時に俺の肩を摑んだ。

全身から力が抜け、俺はその場に座り込んだ。

まだスマホが鳴り続けている。

俺は無意識のうちに電話を繋ぎ、耳に当てた。

「あっ。先輩ですか？」ディレクターの声が聞こえた。「例の件、やっぱり無理でした。出所不明の映像を使う訳にはいかないし、そもそも警察の承諾がいるそうです。だから、今回は諦めてください。……もしもし……もしもし先輩聞こえてますか？」

俺はスマホをコンクリートの上に落とした。

じゃあ、どうして、畠川は偽ピザ宅配員の計画を知ったんだ？　それに、俺がベランダにいることに気付いた訳は？

「おまえら、ずっと俺を虚仮《こけ》にしやがって‼」畠川は自分の持っていたスマホの画面を俺に見せた。

そこには、今まさに俺を押さえ付け、刃物で刺し貫こうとしている畠川の姿が映っていた。

気付かないうちに、俺の持っていたカメラが起動したのか？　いや、違う。これは俺の背後から撮られている。

俺は後ろを振り向いた。

隣のベランダから身を乗り出している礼都が見えた。なぜか鞄を宙に突き出している。

俺はもう一度前を見た。

スマホの映像は礼都の位置からのものだ。

そして、俺はまた振り向いた。

礼都は微笑みながら、鞄からカメラを取り出した。

『ええ。カメラなら、まだ持っているし。それよりかは性能は悪いけど、充分使い物になるから』

ああ。それのことだったのか。鞄に開けた小さな穴からずっと俺を撮影して実況してたって訳か。

畠川は俺の頸に向けて刺身包丁を振り下ろしてきた。

俺は右手でそれを摑んだ。

掌《てのひら》に包丁が喰い込んでくるのがわかった。

「いつから、撮ってた？」俺は不安定な体勢のままなんとか礼都に尋ねた。

「最初からよ」礼都が言った。「思い上がったジャーナリスト崩れって、なかなか面白い題材だから」

「こいつに見せるのが目的だったのか？」

「その人がわたしのチャンネルを見てたのは偶然よ。でも、おかげでいい絵がとれたから結果的によかったわ。アクセス数が鰻登《うなぎのぼ》りよ」

「いい絵？　俺の命が危ないのに？　おまえはアクセス数を稼いでいるのか？」

「ええ。あんたが危ない目に遭ってるのは自己責任だもの。わたしは報道の自由を貫いているだけよ。国民には知る権利があるからね」

捜査員たちは慌てて、こちらに来ようとしていたが、手摺にぶら下がらなくてはならないので、手間取っていた。そもそも、身を乗り出して撮影している礼都が邪魔になっていた。

「死ねや!!」

刺身包丁の先が掌を貫いた。

首筋に熱い血潮を感じた。

メイド喫茶店員

「ユウちゃん、随分頑張ってるね」お散歩の仕事から戻ってきたわたしに店長が声を掛けてきた。

「ええ」わたしは小声で言った。「家族がいるんで、稼がないと」

「ああ。そうだったな」店長も小声で言った。「メイドに子供がいるってわかったら致命的だから、絶対に〈ご主人様たち〉にはばれないように頼むよ」

「はい。もちろんです」わたしは軽くウィンクした。

「しかし、ユウちゃん、若いな。とても子持ちには見えないよ。メイド店の方じゃなくて、JK店の方に代わってみるかい？」

「いくらなんでも、それは無理ですよ」

「いや。全然遜色《そんしょく》ないって。そもそも本当に女子高生と齢もあんまり変わらないじゃないか」

「でも、女子高生じゃないって、ばれたとき、やばいじゃないですか」

「そんなこと言ったら、メイドだって、本物のメイドか？　それに、看板にあるのは、女子高生じゃなくて、ＪＫだから」

「ＪＫって、女子高生のことでしょ？」

「普通はそう思うよな。でも、うちは、本物の女子高生の店員なんか使ってない。だから、看板には、女子高生と書かずにＪＫとしてある。うちみたいな風俗ぎりぎりの邪道な店で女子高生働かせたりしたら、それこそ後ろに手が回るかもしれないし」

「じゃあ、ＪＫって何ですか？」

「『自宅警備員』もＪＫっていうらしいよ。ああ『自宅警備員』ってのは、ニートのことね。それか、『常識《J》的に考《K》えろ』っていう意味だってことにしてもいい。まあ、そこは臨機応変に」

「結構適当にやってるんですね」

「こんな仕事、生真面目《きまじめ》じゃやってられないよ。……ああ。そうそう。今から時間ある？」

　また、誘いか。しつこいな。

「あの……。今日はこれからずっと仕事が続いて、上がるのはだいぶ先に……」

「いや。そうじゃなくて、今日から新人が入ってくる。面倒みてやってくれないか？」

「ええっ？　わたしがですか？　忙しいんですよ」

「君が忙しいのはわかってるんだけどね。実際、今日はみんな手一杯なんだ。二、三時間だけ教えてやってくれれば、それで研修終了ってことにするから」

「求人広告には、研修期間半年ってなってましたけど？」

「それはあれだ。オン・ザ・ジョブ・トレーニングってやつだ。仕事自体が研修なので問題ない」

まあ、適当ってことね。経営も法的手続きも従業員教育も全部適当。だからまあ、この世界には、わたしのような人間を受け入れてくれる寛容さがあるのかもしれないけど。

「新人はもう着替えて貰って、バックヤードで待ってる。当面は喫茶メインでやって貰うけど、リフレやお散歩の方もやれるなら、やって貰う。因《ちな》みに、本人はＪＫ店の方でもいいって言うんだけど、ちょっとセーラー服はきついんじゃないかと思う」

「太ってるとか？」

「いや。スタイルはまあ抜群なんだけどね……」店長は言葉を濁した。「とりあえず、顔合わせだけでもしといてくれよ。まあ、店に出せるだけの最低限のことだけ教えとけばいいから」

「はいはい」わたしは面倒だなと思いながらも、これも仕事のうちかと思い直し、バックヤードに入った。

「おお」つい声が出てしまった。

確かに、美人でスタイルもいい。しかし……。

「何？」メイド姿の女性は不機嫌そうに言った。「文句あるの？」

わたしと同じようにミニスカートにニーハイソックスを穿いている。

齢を聞くのは失礼よね。

二十代ってことはないと思った。三十代半ばから後半ってところか。まあ、この年齢のメイドは少ないが珍しいって程でもない。

「あの。わたし笹林恭子《ささばやしきょうこ》と申します。あなたの教育係になります。源氏名はユウちゃんなので、ここではユウちゃんと呼んでください」

「わたしは新藤礼都。さっさと頼むわ。呼び名はそのままでいいわ」

「ええと……いいんですよね？」わたしは念の為、確認することにした。仕事内容について、勘違いしているかもしれないと思ったからだ。

「何のこと？」

「メイドさんって、本物の家政婦さんのことではないんですよ」

「知ってるわよ。メイド姿で、接客するスタイルの水商売よね？」

「ええ。でも、まあ、ホステスとか、キャバクラ嬢とはちょっと仕事内容が違うんですよ」

「ええ。普通のメイド喫茶はそういう夜の蝶的な存在ではないみたいね。普通の喫茶店にとても近い。時給聞いてびっくりしたわ。学生アルバイトの金額よね」

「そうなんですよ。だから、礼都さんのような方は……」

「でも、オプション金額は歩合《ぶあい》で入ってくるのよね。リフレの指名料も」

「この店は何というか、正統派のメイド喫茶と違ってそういうオプションがいろいろあって……」

「知ってるわ。だから、ここを選んだのよ。年齢制限もなかったし。わたし、JKの方でもいいって言ったんだけど、メイドの方が向いてるって言われたのよ」

「わたしも、そう思います」

礼都はわたしの顔を見詰めた。「それって、わたしが齢くってるってこと？　JKどころか、メイドも無理だと思ってる？」

「いや。そういう意味ではないんですが、メイド喫茶に来る人というのは、二十歳前後の女の子を好む傾向があるというか……」

「大丈夫よ。重要なのは雰囲気だから」

「雰囲気……」

わたしは礼都の醸し出す雰囲気を観察した。

大人の女性だ。メイドというよりは女王様がお似合いだ。

「ある程度練習すれば、それなりの雰囲気は出せると思いますが……」

「どうせ、『萌《も》え萌えきゅん』とか言ってればいいんでしょ？」

「言った方がいい場合もありますが、言えばいいってもんでもないんですよ」

「とにかくやって見せて」

「例えばこんな感じです。……おいしくなあれ。萌え萌えきゅん♡」わたしは振り付けをつけて、台詞《せりふ》を言って見せた。

「おいしくなあれ。萌え萌えきゅん♡」礼都が真似してやって見せた。

どうなんだろう？　ちょっと痛々しい感じがしないでもない。でも、客観的に見ればわたしだって、同じなのかもしれない。メイド喫茶という特殊な環境下においては、この動作は許されるんだろう。

「まあ、だいたいそんな感じでいいと思います。……やってるうちに、こなれてくると思います」

礼都はじっとわたしの顔を見詰めていた。

「わたしの顔に何か付いてますか？」わたしは多少気味悪く思ったので、尋ねてみた。

「共通点を見付けたのよ」

「誰との共通点ですか？」

「わたしね。保育所に勤めてたことがあるのよ」

嫌な予感がした。

「そこに子供を連れてくる女性たちには共通点があったのよ。独特の雰囲気と言うかにおいというか。本来、わたしはこういう非論理的な話は嫌いなんだけれどね。論理的な手続きを経るのも面倒だから、単刀直入に訊くわね。あんた、子供いる？」

「ええと。その質問に答える必要はありますか？」

「答えたくないの？」礼都はじっとわたしの目を見詰めている。

「先にわたしの質問に答えてくれますか？　わたしがその質問に答える必要はありますか？」

「あるか、ないかと言えばないわ」

わたしはほっとした。

ある程度の常識はあるらしい。

「だったら……」

「でも、答えなかったら、わたし自分で調べるわよ」

「自分でって、どういうことですか？」

「あなたの身辺を調べるってこと」

「どういう権利で……」

「何の権利も必要ないわ。わたしが勝手に調べるんだから」礼都は無表情のまま言った。

冗談ではないらしい。

わたしはぞくりとした。たまに〈ご主人様〉の中には偏執的な人がいて、メイドに付き纏《まと》うようなことをすることもある。だが、メイド同士でそのような関係になることはまずなかった。たいていは仕事場での嫌がらせ程度のことだ。

「やめてください。迷惑です。そして、怖いです」

「もし、やめて欲しかったら、本当のことを言えばいいだけよ」

「もし、ストーカーのようなことをしたら、警察に訴えます」

「無駄よ。わたしは証拠を残さないから」礼都は落ち着いた調子で答えた。

全く動揺していない。わたしが警察に訴えると言っても、脅しにはなっていないのだ。まあ、この齢でメイド喫茶で働き始めようと思うぐらいの神経の持ち主だ。警察ぐらいでは脅しにならないのかもしれない。

でも、証拠を残さないというのは、どのぐらい自信があっての発言だろうか。本人がそう思っているだけで、実際には何かの証拠が残ってしまうのではないだろうか？」

「わたし、探偵の才能があるの。実際の犯罪者を捕まえたこともあるのよ」礼都が付け加えた。

本当だったら、凄いことだ。だけど、俄《にわ》かには信じ難い。

わたしは礼都の目を見た。

自信に満ち溢れている。あるいは目が据わっているという言い方もできる。少なくとも自分の言葉に疑いを持っていないことは確かなようだ。

逆らわない方がいい。

わたしはそう判断した。

もしわたしが言わなかったら、礼都は間違いなくわたしの近辺を調査する。証拠が残ろうが残るまいが関係ない。そんなことをされるのは迷惑この上ない。

それに較べて、子供がいることはたいした秘密ではない。最悪、〈ご主人様〉にばらされるかもしれないが、そのときは別の店に代わればいいことだ。

「はい。わたしには子供がいます。これでいいですか？」

「ええ。それで結構よ」礼都は微笑んだ。どうやら満足したようだ。

わたしは次の質問を待ったが、何も言ってこなかった。

「それだけですか？」わたしは尋ねた。

「他に何か？」

「結婚しているかとか、子供の父親は何をしているのか、とか訊かないんですか？」

「言いたいの？　もしそうなら、言っても構わないわよ」

「いいえ」

「だったら、言わなくてもいいわ」

「興味がないんですか？」

「そうよ」

「興味がないのに、どうして訊いたんですか？」

「あなたに子供がいるかどうかに興味があっただけ、わたしの直感力の確認になるから。でも、あんたの事情なんかどうでもいい。もし興味が出てきたら、そのとき改めて訊くか、自分で調べるから気にしないで」

気にするなと言われても気になる。しかし、今のところ、放っておくしかない。

「説明はどっちからにしますか？　喫茶の方？　それとも、リフレの方？」わたしは気を取り直して礼都に尋ねた。

「どっちでもいいわ。あんたの都合に合わせる。あんたの仕事を見て覚えるから、気にしなくていいわ」

つまり、仕事中、ずっとこの女に監視されることになるのだ。礼都には仕事を覚えるためという大義名分があるのだ。

わたしは気が滅入《めい》った。

「ユウちゃん、リフレの指名入りました」受付から声が掛かった。

「じゃあ、まずリフレの方のようね」礼都が言った。

「そうね」わたしたちは施術室に向かった。

廊下で、同僚のナギサと擦れ違った。彼女はわたしより先にこの店に入っていたメイドだ。当初は指名数一位だったが、最近わたしに抜かれることが増えてきた。

「ユウちゃん、その子、誰？　……って、『子』じゃないかもね。おば……」

「礼都さんよ。新人さん」わたしは慌てて言った。

「ふん」ナギサはじろじろと礼都を見た。「子分一号にするつもり？」

「子分だなんて……」

「冗談に決まってるでしょ」ナギサはつんと向こうを向いて、さっさと行ってしまった。

「ごめんなさい。あの子、冗談が過ぎるの」わたしは礼都に謝った。

「別にいいわ。これ以上、冗談が続くようだったら、わたしも冗談を仕返すから」

わたしはなぜか寒気を感じた。

施術室は一応個室にはなっているが、別に猥褻《わいせつ》なことをする訳ではない。少なくとも、建前上はそうなっているし、わたしも卑猥《ひわい》な行為をしたことはない。ただ、メイドの中には、多少逸脱行為をして小遣い稼ぎをしている者もいるという噂もあったが、わたしは気にしないことにしている。人は人だ。わたしには関係ない。

部屋に入ると、すでに俯《うつぶ》せになっている〈ご主人様〉がわたしたちの方を振り返って見た。一度前を見てから、もう一度目を剝いて、こっちを見た。絵に描いたような二度見だった。

「えっ？　二人？　頼んでないよ」

「今日はサービスよ」礼都が蔑《さげす》むような顔で言った。

「もちろん、冗談ですよ、ご主人様」わたしは慌てて微笑みながら言った。「こちらは新人で、今研修中なんです」

「へえ。新人か」〈ご主人様〉は礼都の顔を見上げた。そして、少し怪訝《けげん》そうな顔をした。ちょっと年くってるな、とかそんなことを思ったのかもしれない。だけど、まあ、メイドの恰好をしていれば、そんなには気にならないだろう。〈ご主人様〉にはそんな人が多い。

改めて〈ご主人様〉の顔を見る。

結構若い。まだ二十歳《はたち》そこそこか、十代かもしれない。足裏マッサージを受けなくてはならない程、身体が疲れているようには見えない。ただ、メイドと触れ合いたいがために、ここに来ているのだ。

別に似ている訳ではないが、あどけない顔を見て、ふと雷杜《らいと》のことを思い出した。

「汚い家だな」〈ご主人様〉は部屋の中を見回して言った。「ゴミ屋敷じゃないか」

確かに、床の上には、弁当の食べ残しや、スナック菓子の滓《かす》や、飲みかけのペットボトルが散乱して、足の踏み場もないが、ゴミ屋敷は言い過ぎだ。テレビで見るゴミ屋敷は膝ぐらいまでゴミで埋まっている。

「うん？　犬か猫がいるのか？」〈ご主人様〉はゴミの中でもぞもぞと動くものを見付けたようだった。

〈ご主人様〉がゴミを蹴飛ばすと、蹲っている雷杜が現れた。

「何だ、餓鬼《ガキ》がいるのか？」〈ご主人様〉は顔を顰めた。

雷杜は無言で、〈ご主人様〉の顔を見上げた。着たきりのTシャツが薄汚れている。

「言ってなかったかしら？　別に構わないでしょ。この子、大人しいし」わたしは取り繕《つくろ》うように言った。

「子供がいるのに、なんで俺を家につれてきたんだよ？」

「なぜって、コーヒーが飲みたいって言ったから」

「いや。ほんとうにコーヒーが飲みたい訳じゃないんだよ、舐めてんのか？」

「いいよ」

「何がいいんだよ？　こんな痩《や》せっぽっちの餓鬼がいたんじゃ無理だろ」

「子供のことは気にしないで。大人しい子だから」

「そういう問題じゃないだろ。ここ、一間《ひとま》じゃないか」

「どうして？　気にしなければいいのよ。この子は黙って静かにしているわ」

「教育上、よくないだろ？」

わたしはげらげらと笑った。本当におかしかったのだ。笑い過ぎて涙が出てきた。

「教育？　あなた、この子とは何の関係もないんだから、教育のことなんて気にしなくていいのよ」わたしは涙を拭きながら言った。

「馬鹿にしてんのか？」〈ご主人様〉は出ていった。

「あっ。待って。本当に大丈夫だから」わたしは追おうとした。

「ママ」雷杜がわたしのスカートを摑んだ。

「どうしたの？」

「僕、お腹空いた」

わたしは悲しくなって、またげらげらと笑った。

「じゃあ、ママは買い物に行くわね」

雷杜は不安げにわたしを見上げた。


「オプションはどっちとしてもいいの？」〈ご主人様〉の言葉に、わたしははっと我に返った。

「どっちと？」わたしは言葉の意味がわからず、問い返した。

「ユウちゃんでもこの新人さんでもいいの？」

「ああ。まだこの子は……」

「いいわよ」礼都は言った。「ところで、オプションって何？」

「普通のメニュー以外のサービスのことだよ」〈ご主人様〉が言った。「別料金になるんだ」

「そういうのありなの？」礼都はわたしに尋ねた。

「そういうのって、どういうののことか知りませんけど、性的なサービスのことではありませんよ。念の為」わたしは答えた。

「例えば、どういうの？」

「一緒に写真撮るとか」〈ご主人様〉が言った。

「そんな程度でいいの？」礼都は拍子抜けしたようだった。

「あとハグとか」

「ハグ？　抱き合うってこと？」

「そうです」わたしは言った。「十秒間だけですけど」

「それ、性的なサービスじゃないの？」礼都は尋ねた。

「違います。ハグは精神的なものです」

「見ず知らずの異性にお金を払って、ハグして性的な意味がないと？」

「それを言い出すと、メイドリフレ自体成立しなくなるから」

「ところで、リフレって何？」

「リフレクソロジー。足裏マッサージです」

礼都は馬鹿にするような目で〈ご主人様〉を見た。「あなた、メイドの恰好をした人に足の裏を触って欲しいの？」

「そういう言い方をすると、あれだけど、まあそういうことだよ」

「で、別料金を払ってハグして貰う訳ね」

「………」〈ご主人様〉は俯《うつむ》いた。

「礼都さん、そういう言い方は……」

「いや。そうだよ。僕は別料金を払ってでもハグして貰いたいんだよ」〈ご主人様〉の頬は少し上気していた。自分の発言に興奮しているのかもしれない。

「わたしに？」礼都が尋ねた。

〈ご主人様〉は黙って頷いた。

わたしはなんだか腹が立った。もちろん、この〈ご主人様〉を取られるのが悔しい訳ではない。ただ、わたしより礼都が望ましいと思われたことが不本意だったのだ。

「じゃあ、十秒間ハグすればいいのね？」礼都が両手を広げた。

「いや。ハグはやめよう」

「どうして？」

「ハグじゃなくて、ビンタの方がいい」

「ビンタって、何かの隠語？」礼都はわたしに訊いた。

「平手打ちのことです」

「わたしがされるの？」

「いいえ。メイドがご主人様にするのです」

「メイドが主人にビンタって、おかしくない？」

「そう言われると、おかしい気がしますけど、すでにそういうシステムが成立しているので」

「ふうん。じゃあ、わたしがあなたをビンタすればいいのね？」礼都は〈ご主人様〉に言った。

「『あんた』ではなく、『ご主人様』と呼んでください」わたしは慌てて言った。

「なんだか、SとMが錯綜《さくそう》しているのね」

「これはSMとかとは違います。性的なものではないので」

礼都は眉を顰《ひそ》めた。「性的なものではない？　そんな訳ないでしょ」

「そんなこと、どっちでもいいよ」〈ご主人様〉は言った。「さあ、やってくれ」彼は顔を突き出すようにおねだりした。

「はあ」礼都は溜め息を吐《つ》いた。「ビンタって、わたしにとってそんなに魅力的ではないけど、お金のためなら躊躇なくするわ」

礼都は自分の腹の辺りに手首を持ってきて、掌を相手に向けた。

「往復で頼みます」

「片手で往復は難しそうだから、左右の手で一発ずつでもいい？」

片手で往復は難しい？　どういう意味？

「それでもいいです。……さあ。早く……」〈ご主人様〉は辛抱たまらない様子だった。

「全力で」

礼都はまず右の掌の付け根を男の顎《あご》にぶつけた。

男の頸はおかしな方向に曲がり、ふらついた。

間髪《かんはつ》入れずに、左の掌も男の顎に炸裂《さくれつ》した。

ぼきりという鈍い音が室内に響いた。

男の頸はさっきとは別のおかしな方向に曲がった。

人間の頸ってこんなふうにも曲がるんだ、と思った。

でも、大丈夫かな？

〈ご主人様〉は結構幸せそうな顔をしていた。

ああ。大丈夫そうだな。

そう思った瞬間、〈ご主人様〉はそのまま背後に倒れ込み、床に頭部をぶつけて、頸がもっと変な方向に曲がった。なんだか、顎が割れて人相が変わってしまっていた。それも真ん中ではないところで、割れている。

そのとき、わたしは大きな間違いに気付いたのだ。

「礼都さん、それ、ビンタじゃなくて、突っ張り」

「ただいま」わたしは真っ暗な部屋の中に呼び掛けた。

「お帰り」暗闇の中から雷杜の声が聞こえた。

「どうして、電気を点《つ》けないの？」わたしは買ってきた食べ物を床に置きながら尋ねた。

「手が届かないんだ」

「嘘を吐いては駄目よ。この前は届いたじゃない」

わたしは電気を点けた。

雷杜は床の上で倒れて吐いていた。

額に手を当てると火のように熱い。

わたしは数分間、呆然《ぼうぜん》として動けなかった。

雷杜ははあはあと肩で息をして、時折咳き込んだ。

また、嘔吐《おうと》した。

わたしは雷杜を抱き上げ、病院へと向かった。


「顎の骨、砕けたんだってさ」バックヤードに店長は相当苛立って入ってきた。「いったい、何考えてるんだ？」

「あの客が自分を殴れって言ったから」礼都が答えた。

「いや。いきなり突っ張りはまずいだろ」

「掌底打《しょうてい》ちです」

「いや。今、呼び方、どうでもいいから」

「向こうがビンタしてくれって言ったから、やっただけよ」

「いや。ビンタっつったら、普通掌で横から頬を叩くんだよ。往復ビンタって、そうじゃないとできないだろ」

「なるほど。『往復』って言ってたからおかしいとは思ったのよ」

「絶対わざとだよな。おまえ、店の評判落とすために、ライバル店から来たのか？」

「自分から『殴ってくれ』っていうやつの顎があんなに柔《やわ》だとは思わなかったのよ」

「いや。『殴ってくれ』なんて誰も言ってないから。殴るのと、ビンタは全然違うから」

礼都は黙って肩を竦《すく》めた。

「何だよ。そんな仕草したら、こっちが困った人みたいじゃないか！」

「今回のことは止められなかったわたしも悪いんです。もう礼都さんを責めないであげてください」

「そうだよ。ユウちゃんも、その場にいたなら、止めて貰わないと困るんだよ」

「本当にすみません」わたしは頭を下げた。

「まあ、ユウちゃんは今まで頑張って作った実績があるけど、新藤さんは新人なんだから、ちゃんと彼女を見習ってくれないと困るよ」

「わかったわ。今度は失敗しない」礼都は冷ややかに答えた。

「本当に頼むよ。今度やったら、絶対に首だからな」

店長はバックヤードから出ていった。

「本当にわざとじゃないのよね？」わたしは確認した。

「そもそも、わたし何か間違った？」礼都は悪びれていなかった。「あいつ、結構嬉しそうだったけど？」

「その瞬間はそんな感じだったわね。でも、顎の骨が砕けたんなら、怒っても当然だと思うわ」

「でも、『全力で』って、言ったんだから、望み通り全力で殴っただけなのに」

「そこはもう何と言っていいかわからないわ。裁判じゃないと結論は出ないと思うわ」

「ああ。裁判だったら、きっとわたしの勝ちだわ。得意だもの」

「ちょっと何言ってるのかわからないんだけど」

それから、数日が経った。

バックヤードに礼都二人きりだったとき、ちょうど指名の呼び出しがあった。

「どうする？　一応、あなたの研修は終わったってことになってるけど……」

「ここにいても暇だから、ついていくわ。もう少し見学もしたいし」

施術室には、この間とはまた別の〈ご主人様〉がいた。年齢はかなり高い。礼都よりも年上かもしれなかった。

「ユウちゃん、久しぶり」〈ご主人様〉が言った。「この人は？」

「礼都さん。新人研修中なの」

「ふうん。二人同時にサービスしてくれたりはできるの？」

「それはまあ料金さえ払っていただければ……」

「ビンタだったら、只《ただ》でもいいわよ」礼都が言った。「練習中なのよ」

「へえ」〈ご主人様〉は興味を持ったようだった。

「ああ。それはもっとうまくなってからでもいいんじゃないでしょうか？」わたしは慌てて止めた。

また、怪我人が出ては洒落《しゃれ》にならない。

「ふうん。じゃあ、また今度頼むか」

「ところで、ユウちゃん、君、隠し子がいるんだって？」

「えっ？」

たとえ本当のことでも、〈ご主人様たち〉には絶対に知られてはいけないことがある。彼氏がいるとか、結婚しているとか、子供がいるとか。

彼らは夢を買いに来ており、わたしたちは夢を売っている。私生活のことをばらすのはあきらかにルール違反だ。

わたしは礼都の方を見た。

ばらしたのは、あなたなの？

礼都は少し目を細めただけだった。

「そんなこと誰が言ったんですか？」

「本当なのかい？」

「嘘です。子供はいません」

礼都はまた目を細めた。

「ネットだよ。店の名前と君の名前がはっきりと書いてあった。ライトという子供がいるって」

礼都には子供の名前を言ってはいない。だからといって、彼女が白だとは言い切れないが。

その〈ご主人様〉への施術が終った後、わたしは礼都に質問した。「あなたが噂を広めたの？」

「いいえ。そんなことして、何の得もないわ」

「だったら、誰が？」

「この店の子で、あんたの子供のことを知ってるのは？」

「店の子だと、礼都さんだけよ」

「知る方法はいくらでもあるわ。ネットで見たと言ってたわね」礼都はポケットを探った。「悪いけど、スマホ貸してくれない？　わたし、今、持ってないから」

「はあ」わたしは自分のスマホを礼都に手渡した。

礼都はスマホを一分程操作してから言った。「こいつね」

そのブログには様々なメイド喫茶やガールズバーについての噂や、悪口が書かれており、その中にこの店の名前とわたしの名前が名指しで、隠し子がいると書かれていた。

ブログの主はリホリホというハンドルだった。

「この名前に見覚えは？」

わたしは首を振った。

「目くらましにいろいろな店のことが書いてあるけど、この店以外は単なる噂か、只の悪口ね。この店の店員についてだけ、やけに詳しい。プライベートのことを細かく書いてある。彼氏の職業とか、以前勤めていた風俗店の名前とか」礼都はブログの内容を分析した。

「ここの子が書いてるってこと？」

「十中八九《じっちゅうはっく》そうね」

「じゃあ、悪口が書かれていない子が犯人だわ」

「犯人が馬鹿だった場合はね。少しでも知恵があるなら、自分に対する悪口もそれなりに書いておくでしょうね。そして、自分以外の誰かに罪を着せるために、その子だけ悪口を書かないとか」

「だったら、悪口を書かれていない子は犯人じゃないってこと？」

「そうとも言い切れない。犯人は頭が悪いかもしれないし、さらに裏をかいて、自分が疑われないように、わざと悪口を書かないってことも考えられる」

「じゃあ、結局誰かわからないってこと？」

「いや。このブログは充分証拠になるわ。店長のところで、確かめてみましょう」礼都は店長室に向かった。

ノックもせずにドアを開ける。

「わっ。わっ。何だよ?」店長は齧《かじ》っていたサンドイッチを噴き出しそうになった。

「店員全員の勤務表を見せて」礼都が言った。

「そんなの見せられるはずがないだろ。個人情報だ」

礼都はスマホの画面を店長の顔に叩き付けるようにして見せた。「この店の誰かが、笹林さんやその他のメイドの誹謗《ひぼう》中傷を行っている。書き込み時間と勤務時間を比較すれば、犯人がわかるはずよ」

「わかったよ。だけど、これを見せたってことは誰にも内緒だぞ」店長はパソコンを操作して、表を表示した。

礼都はすらすらと画面を流していった。

とても、目で追い切れない速度だ。

「犯人が誰かわかったわ」礼都が呟いた。

「へえ。誰なんだ?　リホリホってことは、リホ……」

突然、礼都は店長のネクタイを絞め上げた。

「息、息が……」

「犯人はあんたよ、店長」

店長はぱくぱくと口を動かした。

「ああ。息ができないから喋れないのね」礼都は少しネクタイを緩めかけた。

「助……」店長は大きな声を出そうとした。

礼都は瞬時に絞め上げた。

「今度声を出したら、そのまま落として放置するわ」礼都が言った。「あんたがわたしたちを襲おうとしたと二人で口裏を合わせたら、正当防衛が成立するわ。因みに、この部屋に防犯カメラがないことは確かめてある。金をけちって損をしたわね。じゃあ、今から緩めるけど、絶対に大きな声を出さないでね」

礼都がネクタイを緩めると、店長はごほごほと咳をした。

「た……」

礼都はネクタイを絞め上げようとした。

「わかった。締めないでくれ」

「なんでこんなことをしたの？」

「俺じゃない」

「書き込み時間から考えて、あんたしかいないわ」

「誰かが俺を嵌《は》めようとしたんだ」

「その誰かはわたしが勤務表とブログの書き込み時間を比較して、犯人を突き止めるってことを予想したとでも言うつもり？」

「………」

「それに、この子に子供がいるってことを知ってたのは、あんただけよ」

「いや。他にも知ってるやつがいる」

「誰？」

「いや。それは言えないけど」

「もし他に知ってるやつがいたとしたら、あんたが喋《しやべ》ったことになる。どっちにしても、あんたは罪から逃げられないわ」

「わかった。俺が嘘を吐いた。誹謗中傷は俺が書き込んだ」

「どうして、こんなことをしたの？」

「いや。デートに誘ってやったのに断わられたから、つい……」

「ふられた腹いせに中傷したってこと？」

「そうだよ。俺に恥をかかせた罰だ」店長は憎々しげに言った。

「顎骨《あごぼね》と頬骨《ほおぼね》、どっちがいい？」礼都は尋ねた。

「何の話だ？」

「わたしは顎の骨を砕けるって知ってるでしょ？　目の下を狙えば、たぶん頬骨も砕けるわ」

「何を言ってる？」

「わたしがあんたにビンタをしたら、相当の治療費が必要になる。ビンタしないでおいてあげるから、その分を彼女に支払ってあげて」

「脅迫じゃないか！」店長は激昂した。「そんなことをしたら、おまえたちが捕まるぞ」

「警察に通報したら、あんたの悪事も表に出るのよ。店は潰れるわ。借金も結構あるんじゃないの？　因みに、法廷で争えば、あんたは百パーセント負ける。わたしの勝訴が決まれば、あんたに中傷された人たちはみんな訴訟を起こすわよ。あんたと会社の全財産は巻き上げられる。それを考えたら、今ここでわたしたちと和解する方が遥かにましな選択よ」

「……わかった。和解金を支払う」店長は本当にがっかりした様子で言った。

礼都は手を離した。

店長は床に崩れ落ちた。

「因みに、今のやりとりは録音してあるから、あんたが白《しら》を切ったら、都合のいいところだけ継《つ》ぎ接《は》ぎして、マスコミに流すよ」

「プロの強請《ゆすり》か何かかよ！」店長は泣きそうな顔になった。

「ありがとう。わたしなんかに親身になってくれて」わたしは素直な気持ちで礼都に礼を言った。

「ああ。別にいいから。これって、わたしの楽しみのためにやってるから」

照れ隠しのつもりなのか、もしかして本気で楽しんでいるだけなのかはわからないが、とりあえず礼都とは良好な関係を保てそうだと直感した。こんな人を敵に回すのは本当に恐ろしい。

「店長、もう一つ頼みたいことがあるの。後で聞いてくれる？」礼都は言った。

「まだあるのかよ？」

「わたし、〈ご主人様〉とのお散歩の予約があるんで、行ってきますね」わたしはその場を立ち去った。

礼都は店長を何かに利用しようとしている。これ以上、関わり合いになるのは御免だった。

そして、何か月かが過ぎ去った。

わたしは相変わらず忙しい毎日を過ごしている。

礼都は概《おおむ》ね暇そうだったが、時折わたしや他のメイドに付いて補助のような仕事をしている。もう研修期間はとっくに過ぎているはずだが、店長は彼女にすっかり掌握《しょうあく》されてしまって、自由に行動しても文句を言う気はないらしかった。他のメイドたちも陰では礼都の悪口を言っていたが、正面切って戦いを挑む者はいなかった。店長の隷属ぶりを見て、恐れを抱いたのか、あるいはわたしの知らない所で礼都に盾突いた者が恐ろしい目に遭ったのか、わたしは知らなかったし、知ろうともしなかった。

しかし、なぜか礼都はわたしを気に入っているのか、一緒にいることが比較的多かった。

「礼都さん、他に友達できないんですか？」わたしは思い切って礼都に尋ねてみた。

「わたしと一緒にいるのが嫌だってこと？」礼都は笑うでもなく、怒るでもなく尋ね返してきた。

「そういうことじゃなくて、わたしと一緒にいて楽しいですか？」

礼都は顎に手を当てて考え込んだ。

「考えないとわからないんですか？」わたしは呆れて言った。

「楽しいわ」礼都はぽつりと言った。

「ああ。そうだったんですね」わたしはなぜか少し安心した。

「でも、理由はあなたと一緒にいられるからではないわ」

「えっ？　どういうことですか？」

「わたしはずっと観察しているのよ」

「わたしをですか？　それとも、この店の全員をですか？」

「両方ね。両方とも興味深い。特に言えば、あなたはメイドたちの特異性の典型例だとも言える」

「わたしが特異例？」

「特異性の典型例だと言ったのよ」

「特異的なのか、典型的なのか、どっちですか？」

「見方の問題よ。とにかくあんたは興味深い」

「わたしのどこか興味深いと言うんですか？」

「めちゃくちゃ働き者だわ」

「働き者っていったって、喫茶店で〈ご主人様〉と他愛もない話をしたり、一緒にお散歩したりするのも仕事のうちですからね。そんなにつらい訳じゃないですよ」

「おっさんと散歩したり、添い寝したりするのは、結構つらいんじゃないかと思うけど、わたしはそういう話をしているのではないわ」

「何が言いたいんですか？」

「質というより量ね。近所のネットカフェでシャワーを済ませるぐらい仕事を詰めているわよね？　お金が必要なら、もっと効率のいい仕事があるでしょ？」

「ああ。そういうことですね。わたし、お金が必要と言うよりは仕事が好きなんですよ」

「仕事が好きなの？　それは無敵ね」礼都は馬鹿にしたような笑みを見せた。


「元気な男の子ですよ」看護師が雷杜をわたしのすぐ横に連れて来てくれた。

不思議な気持ちだった。

さっきまで、わたしの身体と繋がっていたものがいまはもう分かれて別の存在となって一人で生きている。一つだった命が二つになったのだ。命とはなんと不思議なものだろう、と思った。それは一度失われると二度と手に入れることはできないのに、あちらこちらでしょっちゅう誕生している。

わたしはそっと雷杜の頬に触れた。

それは柔らかく、そして儚《はかな》げだった。

この子はわたしなしでは生きていけない。この子のためにもわたしは生きていかなくてはならない。

この子と生きていくためには、どんなことでもしよう。

わたしは決心した。

だけど、この子と自分に恥じるようなことは決してしない。

わたしはお母さんなのだ。

わたしは雷杜の額にそっと口付けをした。

この子が誕生することによって、わたしも誕生したのだ。

わたしはお母さん。


「ええと。どうしてついてくるんですか？」わたしは店の外にまでついてくる礼都に尋ねた。

「研修の一環よ」礼都はいつも通り無愛想に言った。

「ただ〈ご主人様〉とお散歩するだけですよ」

「もし、本当にお散歩するだけなら、わたしがついてくるのを嫌がる理由はないはずよね？」

「ああ。お散歩と言いながら、何か別の接待をするんじゃないかと勘繰ってるんですね？」

「したいのなら別にしてもいいわよ」

「しませんよ」わたしは店の前で待っていた〈ご主人様〉に手を振った。

「えっ？」〈ご主人様〉はメイドが二人来たので、驚いたようだった。「二人は頼んでないけど」

今回の〈ご主人様〉は中年男性だった。結構おどおどしているところをみると、あまりメイド慣れしていないらしい。

「いえ。違うんですよ。この人は、その……新人で……」

何か月も経っているので、新人とは違うかと思い直し、でも結局どう呼べばいいか思い付かず、やっぱり新人ということにしておこうかと思ったときに礼都が口を開いた。

「特別サービスよ」

「特別サービス？」〈ご主人様〉は意味がわからないというような顔をした。

わたしも意味がわからなかった。だが、〈ご主人様〉の前でメイド同士が言い合うのはよろしくない。とりあえず、わたしは礼都の発言に合わせることにした。

「一人分のお散歩コースの代金で、二人のメイドとデートできるのよ」

店長の許可も得ないで、かつてなことをするのはまずいと礼都の耳元で囁こうと思ったが、よく考えれば店長が礼都に逆らうことはないだろう。もう特別サービスで押し切るしかない。

「そう。特別サービスです」わたしは言った。「お得でしょ？　特別会員新規入会キャンペーンの一環です。もちろん、入会されなくてもサービスは受けられます」

「ああ。そういうサービスがあるんだ」〈ご主人様〉は納得したようだった。「だけどね。三人で散歩するのも悪くないけど、できれば今日は一人と散歩して、もう一人の人とはまた別の日ということにできないだろうか？」

そうよね。二人っきりならデートということになるけど、三人だとなんだかわからなくなる。

「それは駄目」礼都は言い切った。「サービスは今日だけ。二人のメイドと同時に散歩する。それが嫌なら、サービスはなしよ」

「えっ？　そうなのかい？　随分、急な決断を迫るんだね」〈ご主人様〉の眉は八の字になった。

「別にゆっくり考えててもいいのよ。こうしている間にも、時間はどんどん経ってるけどね。一時間なんてすぐよ」

「えっ？　まだ散歩してないのに？」

「時間制なの。歩いた距離には関係ないわ。動かなくても、散歩中って訳よ」

「わ、わかった三人で散歩しよう。ええと、どこにしよう？」

「残念だけど、サービスの散歩コースは決まってるのよ」礼都はさっさと歩き出した。

「あっ。待ってくれよ」〈ご主人様〉は後を追った。

わたしは胸騒ぎを感じたが、ついて行かない訳にもいかない。しぶしぶ歩き出した。

礼都は、ふだんわたしがあまり行かない方角にどんどん進んでいく。

「礼都さん、こっちはやめておきましょう」わたしは礼都に言った。

「どうして？　こっちには、いいデートスポットがあるのよ」礼都に止まる気はなさそうだった。

「そんなものはありません。ただの住宅街です」

「よく知ってるのね」礼都は微笑んだ。

わたしは強い不安に襲われた。

大丈夫。ただの偶然よ。礼都が何かを知っているはずがない。

「僕もこっちにはあまり行きたくないな」〈ご主人様〉は不平を漏らした。「こんな人通りの少ない寂しいところを歩いてたって、何にも楽しくないぞ」

「これから楽しいことが起きるの。黙ってついてきて」礼都は叱るように言った。

〈ご主人様〉は黙った。

「楽しいことって何ですか？」わたしは恐る恐る尋ねた。

「あんたも薄々勘付いてるんでしょ？」

わたしが勘付いている。

そう。わたしは……。

わたしは頭を振った。つまらない考えは頭から追い出すに限る。

「もう戻りましょう」わたしは言った。

「えっ？　散歩はどうなるんだい？」〈ご主人様〉は心配そうに言った。

「そっちには行きたくないわ」わたしは言った。

「どうして？　行きたくない理由は覚えているの？　それとも、行きたくないと感じるだけ？」礼都は尋ねた。

行きたくない理由……。

駄目。考えないようにしないと、わたしはその理由を知っている。だけど、そのことは考えない。そう決めたから。

「永遠に考えないでおくことなんかできないのよ。もう取り返しの付かないことをしてしまったんだから」

「あの。何の話してるのかな？」〈ご主人様〉は相当不安そうだった。

「あんたは黙ってなさい。関係ないんだから」礼都は冷たく言い放った。

「関係……ない。今、二人で、僕に関係ない話、してるの?」

「そうよ。悪い?」

「でも、今、仕事中だよ」

「そうよ。わたしたちはあんたに女の子同士の他愛もない話を聞かせてあげてるの。お金を払う価値あるでしょ?」

「ええと……どうかな?」〈ご主人様〉は考え込みながらもわたしたちについてきていた。

だが、わたしはそんなことに構ってなんかいられなかった。礼都の言葉に気をとられないように、必死で別のことを考えようとした。

芸能人でも、趣味でも、昔の恋人のことでもいい。とにかく、何か別のことを……。

「最初、わたしはあなたのことを、随分働き者だと思ったわ。だって、カフェに出ていない間は、リフレや散歩を目いっぱい入れているもの。わたしがあの店にいる間、あなたはずっと働き詰めだったわ」

「それは、働かないといけない訳が……」

「そう。働かないといけない訳があることには、わたしはすぐに気付いた。だけど、その理由については、しばらくわからなかった。だけど、あるときふと気付いたの? わたしの勤務時間や休日は一定していない。これは他のメイドたちも一緒よ。重ならないように、ばらけた時間帯に休憩をとっているし、休日もなるべく重ならないように配慮されている。だから、メイドたちは、日によって、出会ったり出会わなかったりする。ただ、一人の例外を除いて。つまり、あなたよ。あなたは、いつ店に行っても、必ず働いていたわ」

「それはたまたまわたしがあなたの教育係だったから、連動していただけだわ」

礼都は首を振った。「それはわたしも考えた。だから、わざと、直前に勤務時間を変えて、確認してみたの。でもね、勤務時間をずらしても、常にあなたは店にいたの。つまり、あなただけは無休でほぼ二十四時間営業をしているの」

「そんなはずないでしょ。わたしはロボットじゃないんだから、食事や睡眠はとっているわ」

「ええ。確かにあなたは一日に何回か、店から出ていっている。でも、その間に食事と睡眠をとってるんでしょう」

「ほら」

「でも、それらは、毎回、ほんの一、二時間でしかない」

「それだけあれば充分なのよ。だって……」わたしは礼都の言葉を止めたくて、わざと挑発的な言いようをすることにした。「わたしはあなたと違って若いから」

だが、礼都は全く意に介さないようで、同じ調子で言葉を続けた。「もちろん、破滅型の人物で、そういう生活をしている人は珍しくない」

「破滅型って何？　働き者と言って」

「そんな働き方は絶対に長続きしない。そのうち、心か身体かどちらかが崩壊してしまう。あんたの場合はもう崩壊が進んでいるのかもしれないわ」

「何、勝手なことを言ってるの？」

「あの……」〈ご主人様〉が言った。「喧嘩されてるみたいなので、僕、もう帰りますね」

「いいえ。あんたはついてきて、ただし、余計な発言はもうしないで。あんたは聞いていればそれでいいの」礼都は言った。

「はい」〈ご主人様〉は素直に返事した。

「わたしがあんたを店長の虐《いじ》めから救ってあげたこと覚えてる？」礼都が尋ねた。

「ええ。あのことには感謝してるわ。でも……」

「あれは絶好の機会だった」

「えっ？」

「わたしはあんたのスマホの中身を確認したかったの。それに、あんたの勤務実績も。あの事件はちょうどいい大義名分《たいぎめいぶん》になった」

「プライバシーの侵害だわ」

「もうすぐ目的地周辺よ」礼都は前方を指差した。

見たくない。そこに何があるかはわかっていた。思い出さずにはいられなかった。そこにあるのはわたしの住んでいる――いや、住んでいたアパートだ。

「わたしは、ブログの内容をチェックするときに、あんたのスマートフォンに残っていた現在地の履歴を調べたのよ。それは予想通りのものだったわ。あんたは何週間もメイド店の傍でしか活動していなかった。つまり、あんたは自宅に戻っていなかったのよ。小さな子供がいるはずなのに、家に全然戻らないってことは何を意味するの？」

「子供ができたの」

食事の後、わたしがそう言ったとき、彼は硬直した。手からビールの入ったコップが滑り落ち、テーブルの上に落下して中身をぶちまけた。

「聞いてる？」わたしはテーブルを拭きながら、少し不安になって尋ねた。

「つまらない冗談はやめろ」彼は低い声で言った。

「えっ？　冗談ってどういうこと？」

「面白くない」

「あのね。聞いてきたんだけど、ベビーベッドって安くレンタルできるんだって」

「メイドの仕事はどうするんだ?」彼は拳《こぶし》を握りしめた。

「えっ?」

「妊婦じゃできないだろ」

「そりゃ、妊婦じゃできないけど」

「産んだら、すぐに始めるのか?」

「えっ?」

「まさか、メイドを辞めるつもりじゃないだろうな? だったら、もっと実入りのいい仕事を探せ」

「何言ってるの? 子供ができたんだから、あなたもお仕事を……」

「俺は働かないからな」

「何言ってるの?」

「働くのは、おまえ。俺は趣味に生きる。そういう約束だったはずだ」

「そうだけど、子供ができたから……」

「俺の子じゃない」

「冗談なの? 冗談を言ってるの?」

「俺はちゃんと気を付けていた。カレンダーに印を付けて」

「そういうのは、ずれることもあるものなのよ」

「何だよ！　そんなこと、知らないよ!!」

「どうしたの？」

「俺は騙された。子供なんか、要らないんだよ!!」彼は立ち上がった。「さよならだ」

「待って。わたし、ちゃんと働く。ずっとメイドする。あなたは働かなくていいから。ねっ？」

「うざったいんだよ!!」彼はビール瓶でわたしの頭を殴った。

頭が濡れてびしょびしょになった。

わたしは手で髪の毛を拭った。

ビールなのに、真っ赤だった。

わたしはなぜか気分が悪くなって、その場でげぼげぼと吐いた。

わたしは立ち去ろうとする彼の足首を摑んだ。

彼はわたしの手を蹴り飛ばした。

わたしは立って追いかけようとしたが、突然眠くなって眠ってしまった。

そして、目を覚ますと、彼はわたしとまだ胎児だった雷杜を残していなくなってしまっていた。

「一生懸命頑張ったのよ」わたしは言った。

「そうなの？　悪いけど、そんなことには興味ないわ」礼都は言った。

「わたし、〈ご主人様〉を家にまで連れ込んで頑張ったの」

「だから、興味ないって。わたしが興味あるのは、子供の方よ。何て言ったっけ？」

「雷杜。あの子のためにわたしは頑張った。それなのに……」

「それなのに、何？」

「あの子のせいで、〈ご主人様たち〉は逃げ出していく」

「まあ、そういうこともあるでしょうね。それで、あんたも逃げ出したのね」

「わたしは、雷杜から逃げ出した。誰でもそんな気分になるときはあるわよね？」

「家族や会社から逃げ出す人は結構いるみたいよ。あんたの子供の父親もそのタイプかもね。ただの金づるだと思ってたあんたが責任を押し付けてきたから」

「責任はわたしがとるつもりだった」

「でも、とりきれなくなった」

「少しの間、逃げ出しただけ。責任を放棄するつもりはなかった。なかったけど……」

『わたしは疲れている。あの子は小さいけど、数時間かなら放っておいても大丈夫だ』

そう思った？」

わたしは頷いた。

「そして、次には一晩ぐらいなら大丈夫かもしれないと思った？」

わたしは頷いた。

「一日が経ち、でもどうしてもあの苦しさを思い出させる部屋に戻る気になれず、次には二、三日なら大丈夫だと自分に言い聞かせた」礼都はわたしの心の動きを正確になぞった。

「一週間が経って、ひょっとしたら、もう戻るには遅すぎるかなって思い始めたの」わたしは自分の言葉を噛みしめるように話した。

「まあ、そういうことになるわね」

「ひょっとしたら、雷杜は空腹に耐え、わたしを待ちながら逝《い》ったのかもしれない。そんなことを考えると苦しいから、なるべく考えないようにしたの。わたしはメイドの仕事に没頭し、すべてを忘れようとした」

「ええと」〈ご主人様〉が言った。「お話の途中、悪いんですが、これって、僕を騙すためのドッキリ企画か何かですよね？」

「あんたには証人になって貰いたいだけだから、もうしばらく黙ってて」礼都は〈ご主人様〉の顔も見ずに言った。「あんたはあんたの責任を果たさなきゃならないわ」

「わたしの責任？」

「あんたの子……何て言ったけ？」

「雷杜」

「雷杜を見届けるのよ」

「でも、もう何か月も経っているわ」

「ぞくぞくするわね。さあ、見届けてきて。鍵は持ってるんでしょ？」

礼都の言葉はすべてわたしの胸に突き刺さった。

何とかして、言葉の意味を理解しないように努力したが、それはすべて無駄だった。この何か月かの間、意識に上らないように努力してきたことが堰《せき》を切ったように、頭の中に溢れかえる。

「雷杜……ごめんなさい」すべてを認めた瞬間、わたしの身体は勝手に自分の住むアパートの方へと歩き出した。

礼都と〈ご主人様〉が後に続く。

階段を上り、廊下を進み、見覚えのある部屋の前に辿り着く。

部屋の中から何か甘酸っぱい臭いが漂っている。ドアの前にはごみ袋が散乱しているが、これはわたしが家に帰らなくなる前からだったのか、そうではなかったのか、なぜか思い出すことができなかった。
わたしは鍵穴に鍵を入れ、回した。
がちゃりと音がした。
わたしはドアを開けた。
むっとする空気が噴き出して来た。
わたしはそれを胸いっぱいに吸い込んだ。
懐かしさに涙が出てきた。
礼都と〈ご主人様〉は咳き込んでいた。
わたしは部屋の中に駆け込んだ。
ばしゃばしゃと足下で水音がする。
ずるずると滑りそうになりながら、奥へと進む。
「雷杜！　雷杜！」
返事はない。
「どこ!?　どこにいるの!?」
わたしは散乱するごみを掻き分けた。
飛沫《しぶき》が飛び散り、臭いが拡散する。

だが、雷杜はいない。

わたしは半狂乱となって部屋の中で、のたうち回る。

礼都は激しく咳き込みながら、電話を掛けていた。「どうなってるの？　この間、ちゃんと確認しといてって言ったじゃない。子供はどこよ？」

「誰に電話してるんですか？」〈ご主人様〉が尋ねた。

「メイドカフェ・アンド・リフレの店長よ。最近、わたしの配下になったの。この女の様子がおかしいから、家に帰ってないのを大家に確認するように頼んでおいたのよ。わたしはこの女の行動チェックに忙しかったから」礼都は電話を続けた。「……えっ？　親戚だと偽って、大家に頼んで中に入れて貰ったって？　何、勝手なことしてるのよ。そんなことしたら、あんたが第一発見者になって、この女に見付けさせる面白みがなくなるじゃない。……確認って、家の中を確認することだと思った？　あんた馬鹿じゃない。作戦が何もかも台無しよ。……えっ？　生きてた？　がりがりになってたけど、寒い季節なんで、食べ残しが腐らずに、それを食べてなんとか数週間、生き延びたんだろうって？　そんなこと、あるの？　……すぐ引き取りに来ますって言って、大家さんに預けてきた？　いや。もう何か月預けてるのよ？　あっ。大家さんらしき、おばさんが来た。めちゃくちゃ、怒ってる」

「ちょっとあんたたち、いつまであの子預かればいいのよ⁉」大家さんは本気で怒っているようで、怒りで顔が真っ赤になっていた。

「ええと、わたしたちは関係ないのよ。いや。関係あるのは、今あの部屋にいる笹林恭子だけよ」

「何言ってるんだ？　笹林さんとあんたお揃いの服着てるじゃないか‼　双子コーデとかいうんだろ！　言い逃れはさせないよ‼」

「もしもし、警察ですか？」二人が言い合うのをよそに〈ご主人様〉は一一〇番したようだった。

「店長、聞こえてる？」礼都は電話口にまくし立てていた。「警察に訊かれたら、わたしがあんたに救出を依頼したって言うのよ。……そんな依頼されてない？　いいえ。したのよ。そう言わなかったら、あんたの悪行《あくぎょう》を全部警察にばらすから……」

　礼都の喚《わめ》き声の意味は殆ど理解できなかった。わたしは泣きじゃくりながら、汚物の海で溺れていたから。溺れながら、雷杜の名を叫び、許しを請うた。

　遠くからサイレンの音が聞こえてきた。

マルチ商法会員

わたしが教材説明会の会場についたとき、すでに二十名ほどの人間が集まっていた。少し手狭だな。もっと大きい会議室を借りておけばよかった。

わたしは少し後悔した。

だが、予想より、人が集まったのはいいことだ。

わたしはそう思い直し、胸を張って部屋の中に入った。

みんながわたしの方を見る。

ここで気後れして、目を伏せたりしては駄目だ。自信たっぷりの態度で歩き、余裕の笑顔を見せなければならない。わたしの上位会員である井《い》の中《なか》先生はそう言っていた。

「あっ！　河津桜《かわづざくら》先生、お忙しいところ、申し訳ありません」わたしの下位会員の一人である本郷が頭を下げながら呼び掛けてきた。

そうそう。そうやって、わたしを持ち上げてよ。

「いえいえ。忙しいといっても、大事な説明会にはできるだけ出ることにしてるので、気になさらないで」わたしはゆったりと答えた。「教材の準備が済んでるんでしたら、さっそく説明を始めさせていただこうかしら」

「先生、申し訳ありません。まだ、見えられてない方がおられまして……」

わたしは心の中で舌打ちをした。

この貸し会議室を使える時間は一時間しかない。説明が長引いたり、参加者が盛り上がったりした場合に備えて、本当は二時間ぐらい借りておくのが安全なのだが、資金的に苦しかったので、一時間にしておいたのだ。

わたしはちらりと時計を見た。すでに五分経っている。このまま待っていたら、時間が足りなくなってしまうかもしれない。もう始めようか？　だが、説明を始めてすぐに遅刻者がやってきた場合、全員の気が削《そ》がれることになる。そもそも、遅刻者は冒頭部を聞いていないので、理解度が低いままになってしまう可能性がある。結局、もう一度どこかで説明し直さなくてはならなくなるし、それ以前に教材に対する興味を失ってしまうかもしれない。

しかし、こういう局面でぐずぐず迷っていたら、せっかく来てくれた会員候補に悪い印象を与えてしまうことになる。わたしは彼らの憧れであり、お手本にならなければならないのだ。

「遅れているのは、どなたかしら？」まず相手を確認しなければならない。すでに会員になっている者なら、無理に待つ必要はない。だが、会員候補ならもう少し待った方がいいだろう。判断はそれからだ。

「新藤さんと彼女が連れてくる会員候補の方です」

新藤……新藤礼都！

わたしはその下位会員の名前を聞いて憂鬱《ゆううつ》になった。

彼女はわたしの仕事を邪魔した訳でもない。むしろ、一生懸命、勧誘を続けてくれたおかげで、わたし自身も少し潤《うるお》っているぐらいだ。だから、彼女は大事にすべきなのだろうが、彼女といるとどうも落ち着かないのだ。彼女がまるで収穫マシーンのように見えてしまうのだ。

いや。効率的に勧誘するという意味で、礼都は理想的な下位会員だと言えるだろう。ビジネスのためには、感情は排さなければならない。

わたしは考えた。

あの礼都がわざわざ連れてくるということはすでに半ば説得済みだということだろう。だとしたら、もうさっさと説明会を始めてしまった方がいいかもしれない。

「わかりました。では、先に説明会を始めましょう」わたしは余裕のある態度で本郷に言った。

「では、河津桜佳代子《かよこ》先生によるダイナミックスタディの説明会を始めさせていただきます。なお、スーパーメンバーである先生は大変お忙しいため、説明会は一時間とさせていただき、質問は改めてということにさせていただきます」

「あら。質問がある方は随時していただいて結構ですよ。疑問があったままでは困りますもの。今日、来ていただいた方には全員、この教材のすばらしさをわかっていただかないと」わたしは余裕を見せるために言った。「皆さんは素朴な疑問をお持ちでしょう。世の中には、いろいろな教材が出ているのに、どうしてダイナミックスタディの教材を使わなければならないのかと。確かに、書店に行けば、大手出版社のものを含めて様々な教材がいくらでも手に入ります。しかし、残念ながら、このダイナミックスタディを超えるものは一つもないのです。まず、見てください。このコンパクトさを」わたしは一辺が三十センチほどの箱を見せる。前面を開けると、そこには数十冊の本が詰まっている。「これで幼稚園から高校三年生までの全過程の勉強が賄《まかな》えます」

聴衆がざわめく。当然だ。わたしだって、初めて聞いたときには、正直信じられなかったぐらいだ。

「皆さん、驚かれましたね。……えっ？　そんな話、到底信じられないって？　……そんなことは言ってない。ええ。確かに、言葉には出された方はいませんが、心の中で思われましたね。これはとんだペテンに引っ掛かるところだったと」

何人かの失笑が聞こえた。

もちろん、これも計画通りだ。

「教科書だって、全学年の分を集めれば、この何倍もの分量になります。しかし、わたしたちは自信を持って言えます。これだけで充分なのだと。わたしたちには実績があります。このリストを見てください。この教材のユーザーで難関大学に合格した方々のお名前です」わたしは名簿を聴衆に提示する。「なお、これは個人情報なので、見るだけにしてください。写真撮影などはご遠慮願います」

実のところ、このリストには多少の嘘が混じっている。ユーザーからの合格者など、実際のところ、調べようがないのだ。ダイナミックスタディはネットワークビジネスによる販売しか行っていない。つまり、販売員の殆どはずぶの素人なのだ。だから、正確な後追い調査などできるはずがない。だから、これは名簿業者から買ったものを継ぎ接ぎして作ったものだ。だが、それがどうしたというのだ？　この教材には明らかに効果がある。具体的な証拠がなくても、原理を聞けば誰でもなるほどと納得できるものだ。だが、世の中には、証拠を見せないと信用しない人たちもいる。その人たちに仮の証拠を見せるだけだ。騙すために見せているのではなく、正しく導くために見せているのだ。つまり、これは方便であって、嘘なんかじゃないということになる。

「でも、どうして、これだけで充分なんですか？」参加者の一人が質問してきた。

これを待っていた。原理さえ説明できれば、みんなが納得できる。もちろん、わたしが一方的に説明してもいいが、参加者からの質問があった方がより自然なやりとりになるので、印象がよくなる。

「その点が一番気になるところですね。この分量で充分な理由は大きく二つあります。一つは、ダイナミックスタディ社独自の差分原理による圧縮学習理論によるものです」

ここで、会員候補たちはほぼ全員ぽかんとした顔になる。

「みなさん、パソコンやスマホはご利用になられますよね？　それらで利用される画像や動画は実は物凄い情報量な訳です。つまり、写真を人間の目ではわからないぐらいの細かいドットに変換して、そのドット一つ一つの情報を数値に変換する訳ですから。さらに、動画になると、一秒間に何十枚もの絵を送る訳ですから、さらに凄まじいことになります。まともにやっていたら、通信回線なんかすぐにパンクしてしまいます。現実にこれが可能なのは情報の圧縮を行っているからです。例えば、人の顔というのは、だいたい形が決まっています。その情報を送るのに、ドットにまで分解する必要はないのです。髪形や顔の輪郭、目鼻の大きさや位置の情報だけで充分なんです。もちろん、今のは喩え話ですが、コンピューターの中では似たようなことが行われています。動画にしても、一枚一枚の情報を送る必要はないのです。つまり、零点何秒か経っても動画は大きく変化しないのです。登場人物の口とか、手の位置が少し変わるぐらいです。つまり、最初の一枚だけ送っておけば、あとは前の画像との違い——つまり差分だけを送ればそれでいいということになります。もうおわかりですね。各学年ごとの学習内容は膨大な量になりますが、本当に違う部分はそれほどでもないのです。各学年は前の学年で習ったことを下敷きにして積み上げる形式になっています。だから、必ず同じ内容の繰り返しが行われます。でも、もし学年ごとに確実に学習が終わっているのなら、もう繰り返す必要がないのですから、学習すべきことはほんのわずかになります。これがダイナミックスタディ社独自の差分原理による圧縮学習理論です。これはＮＡＳＡで実証された方法なのです」

もちろん、ダイナミックスタディ社公認の資料には「ＮＡＳＡの技術」などとはひと言も書いていない。しかし、会員が自分の責任の範囲内で、それを言うのは自由なのだ。なにしろ、会員は社員ではない。それぞれが独立した事業主——つまり、社長のようなものなのだ。

「でも、学習要領の改訂とかありますよね？」わたしと同じぐらいの年齢の中年女性がおずおずと質問した。「その場合、教材の内容が古くなったりしませんか？」

「その対策は万全です。そして、それこそが教材の分量が少なくて済む二つ目の理由でもあります」わたしは教材を一冊取りだすと最後のページを開いた。

そこはほぼ空白で、ただ縦長の長方形の枠のようなものと、アルファベットに数字混じりの十ほどの文字が書かれていた。

「皆さん、これが何かわかりますか？　こうして使うのです」わたしは鞄の中からスマホを取り出し、枠の中に置いた。

会場がどよめいた。

わたしは得意げにスマホのアプリを起動させ、そのページに書かれていた文字列を打ち込んだ。

「これがパスワードになります」

スマホの画面に教材が現れた。

「このページは最後のページではなく、スマホの教材へと繋がる訳です。つまり、ここからは無限にページを追加できる訳で、学習要領の改訂にもいくらでも対応できるのです」

「それだったら、最初からスマホだけでいいのでは？」

「ああ。素人の方はたいていそう思われますね」わたしは微笑んだ。「もちろん、高度な教育論を学んでこなかった方がそう思われるのは無理もありません。いいですか？　人間は何千年にも亘《わた》って書物を介して勉強してきたのです。つまり、人間の脳は書物と共存しながら進化したのです。これはダイナミックスタディ社の自然科学チームとNASAの共同研究でわかったことなのです。つまり、人間の学習には本の形態が最も適しているのです。ダイナミックスタディ社の教材が本の形態をとっているのはそういう意味があるのです」

「でも、それだったら、最後のページだけスマホというのは……」

「それはベストバランスを考えて設計されているからです。つまり、このバランスが本とスマホのメリットを最大限引き出せるのです。NASAの科学者の研究で証明されているのです」

「その教育理論というのは、どうすれば教えて貰えるんですか？」

「それは企業秘密なのですが、ダイナミックスタディ社のネットワークメンバーになれば、勉強会に参加することができます。勉強会に参加すれば最新理論による教育方法が理解できます」

「わたし、教育学は学んだことがないのですが……」

「わたしは子供もおらず、教員の経験もありませんが、今では完全に教育のプロです。皆さんもすぐにわたしと同じレベルの教育のプロになれるのです。ダイナミックスタディ社の教育理論は今までの教育論とは全く違うユニークなものです。この理論は非常に明確でシンプルなコンセプトに基づくもので、複雑な理論体系を知らなくても、いくつかのポイントを実践するだけで、即座に効果が現れます。たとえば、子供が言うことを聞かないとき、叱るのは全くの逆効果だということが述べられています。この新しい教育理論によると、子供が言うことを聞かないときは、逆に褒《ほ》め称えるのです。褒めることにより、脳内の快楽スイッチが入り、学習することに快感が得られるようになるのです」

「それって、よくある褒めて伸ばす勉強法なのでは？」

「全然違う！」わたしはつい力が入って強めの言い方をしてしまった。「すみません。あまりに基本的な間違いなので、大きな声を出してしまいました。巷《ちまた》で言われている『褒めて伸ばす勉強法』とは似て非なるものなのです。世の中で行われているのは、我々の理論を表面的になぞっただけの劣化理論に過ぎません。我々の勉強会に二、三回ご参加いただければ、その辺りの違いは明確になります」

会場内の人間は全員、わたしの顔を凝視している。まさに至福の瞬間だ。

「だから、無理だって言ってるでしょ!!」ドアの向こうの廊下から不機嫌な怒鳴り声が聞こえてきた。聞き覚えのある声だ。

「でも、このプログラムに参加するためには、うちの子を預かって貰わないと無理なんです」

「だったら、保育所に預ければ？」

「もうどこの保育所もこの子を預かってくれないんです」

「わたしはめちゃくちゃ忙しいの。いったいいくつバイトを掛け持ちしてると思ってるの？」

「だったら、わたし、会員にはなれませんよ」

「別にいいわよ。入りたくないのなら、今すぐ帰ったら？」

「ちょっと、新藤さん、何言ってるの!?」わたしは慌てて、ドアを開けて廊下に飛び出した。

ドアの外には礼都が彼女とほぼ同年代の女性と立っていた。女性は小学校就学前と思しき赤い縦縞の服を着た男の子と手を繋いでいた。

「新藤さん、せっかく会場まで来ていただいたお客様に帰れと言うのはおかしいでしょう」

「でも、子供を預からないと、マルチ商法はできないって言うの」

「マル、マル、マルチ商法？　いや。そうではないでしょ。ダイナミックスタディはネットワークビジネスのプログラムであって……」

「いや。そういう持って回った言い方、却ってわかりにくいんで、はっきり『マルチ商法』って言った方がすっと理解して貰いやすいのよ」

「わかりやすいとかじゃなくて、ちゃんと実態を反映した用語を使うべきですよ」

「だから、『マルチ商法』でいいんじゃない？」

わたしは溜め息を吐いた。

どうして、わたしの下位会員にこんな人がいるんだろうか？　もちろん、会員を辞めさせてしまえば話は早いのだが、それはわたしの主義に反する。プログラムへの参加の意思を表明したものは全員参加させ、一人の脱落者も出さない。それがわたしのモットーだ。

「用語については、また後で話し合いましょう」わたしは言った。「それよりも、今何を揉めていたんですか？」

「ああ。この人がうちのマルチに入りたいんだけど、子供を預かってくれるところがないので、わたしに預かれっていうの」

わたしは子連れの女性に向かって言った。「お名前は、何とおっしゃいますか？」

「島《しま》伊《い》勢《せ》田《だ》秋美《あきみ》です」

「ええとですね。島伊勢田さん、この仕事はですね。他のパートとは違う大きな特徴があるんです」

「はあ」

「つまり、好きな時間に始められるし、それこそお子さんの手を引いたままでもできるんです。つまり、お子さんを持っていることは何の障害にもならないし、預ける必要もない訳です」

「それがこの子の場合は無理なんです」秋美は言った。

わたしはその子を観察した。

ずっと母親の陰に隠れ、スカートの端からこっちを窺っていた。

「お名前は？」わたしが尋ねると、その子はちらりと礼都の方を見て俯いた。

なぜ、礼都の方を？

わたしが礼都を見ると、その子を見詰めて薄ら笑いを浮かべていた。

なぜか悪寒《おかん》を感じて身震いしてしまった。

本当にこの人は怖い。だけど、怖がっていることを悟られては舐められてしまう。毅然とした態度をとるのよ。

「この子は耕治《こうじ》といいます」秋美が答えた。

「お子さんからお聞きしたかったんですが、まあ構いません。耕治君、どうして隠れているのかしら？」

耕治は何も答えず、またちらりと礼都の方を見た。

この子は明らかに礼都に怯えているようだ。

「新藤さん、あなた、この子に何をなさったの？」

「何も。ただ躾《しつ》けただけよ」

「島伊勢田さん、どうして新藤さんに預けなければならないんですか？」

「それは……この子が新藤さんに懐《なつ》いているというか……」

「この子が新藤さんに懐いているですって⁉」

「ええ。不思議に思われるかもしれませんが、この子はどこに行っても問題を起こすんです。それが新藤さんのところに行ってからはちゃんとしていられるようになって……」

「ちょっと待ってください。それって何かおかしくないですか？」

「おかしいとかそういうことはどうでもいいんです。この子を新藤さんに預かって貰わないことには、どうにもならないんです。普通のパートどころか、こんなマルチ商法に入会するのも無理なんです」

「こんなマルチ商法……」

酷くプライドを傷付けられる言葉だが、今はそんなことより気になることがある。

わたしはしゃがんで、耕治と同じ目の高さで話し掛けた。

「ねえ。耕治君、わたしに教えてくれる？　どうして、新藤さんのところだと大人しくしていられるの？」

耕治は礼都の方を見ようとした。

わたしは耕治の頭を両手で優しく挟んで、わたしの方に向けた。

「新藤さんのことは気にしなくていいの。本当のことを言って。新藤さんに何をされたの？」

耕治の顔はますます怯えたようになって、震え出した。

「さあ、わたしには何を言ってもいいのよ」わたしは耕治の目をじっと見詰めた。

突然、火が点《つ》いたように耕治が泣き始めた。手足をばたばたと振り回す。

わたしは耕治に押される形になり、バランスを崩して尻餅をついた。

「ふんぎゃあああ!!」耕治は絶叫し、その場で倒れ、手足をむちゃくちゃに動かし続けている。

「耕治君、落ち着いて。どうしたというの!?」わたしは耕治の身体を揺するが、状態は変わらない。

秋美はおろおろとするばかりで、何もできないようだった。

会場内もざわざわとし始めた。

まずい。せっかく生まれかかったみんなでビジネスを始めようという空気が台無しだ。しかも、自分は教育のプロだと言ってしまった手前、泣く子を一人大人しくさせられないというのは、どうにも具合が悪い。なんとかして静かにさせなければ。

「耕治君、さあ、何が嫌なの？　わたしに教えて頂戴」

耕治の状態は変わらない。

参加者がわたしの一挙手一投足《いっきょしゅいっとうそく》に注目しているのがわかる。何一つミスは許されない。どうして、この窮地を抜け出す？

「ええと。このように大人の言葉が入らない状態というのは、大きなストレスが原因であることが殆どです。このような場合は、無理に黙らせようとせず、まずストレスの原因を探るところから……」

「黙れ」礼都が呟《つぶや》いた。

耕治がぴたりと泣きやみ、手足の動きも止まった。

「立て」

「はい」耕治はすっと立ち上がった。

「気をつけ」

耕治はぴしっと気をつけをし、微動だにしない。

参加者たちはどよめいた。

わたしもまた礼都の見事な躾《しつけ》に呆気にとられた。

いやいや。感心している場合じゃない。

「ちょっと新藤さん、あなたこの子に何をしたの？」わたしは礼都に尋ねた。

「だから、躾よ」

「躾って、こういうものじゃないでしょ。これじゃ、犬の調教だわ」

「だから？」

「子供と犬は全然違うものよ」

「どこが？」

「本気で言ってるの？」

「ええ」

わたしは礼都を睨み付けた。

礼都は睨み返さなかった。ただ冷ややかな目で、見返してきただけだった。

わたしは背筋が寒くなったが、なんとか震えずにいられた。

「わかりました。島伊勢田さん、耕治君はわたしが預かりましょう」

「えっ？　いいんですか？」

「わたしは一人暮らしなので遠慮はいりませんよ。それから、新藤さんの下位会員ではなく、直接わたしの下位に付いてください」

「それって、どういうことなんでしょう？」

「ネットワークビジネスは上位程利益が得やすいんです。下位では駄目ってことではないんですよ。でも、まあ早い者勝ちの側面があるのは否めないわ。それにわたしのようなスーパーメンバーの直属になった方がよりたくさんの下位会員を集められるんですよ」

「そうなんですか？　ありがとうございます」

「横取りはルール違反なんじゃないの？」礼都が言った。

「普通の場合はそうよ。だけど、あなたは子供を預かる気がなかったんだから、どうせこの方を下位会員にはできなかったわ。だったら、あなたがいったん断った人をわたしが勧誘したことになるんだから、問題ないわ」

「まあ、いいわ。厄介な人だったし。じゃ、わたしは帰るわ」礼都はいったんわたしたちに背を向けた後、ふと気付いたように振り返って秋美の方を向いた。「言っとくけど、この人の言うことを聞いても儲けなんか出ないわよ」

ああ。この女、一番のタブーを。

「えっ？　じゃあ、どうすればいいんですか？」

「あんたみたいなお人よしを大量に見付けるの。でも、素人にマルチで儲けるのは無理ね」礼都はにやりと笑うと去っていった。

「あの人の言うことは気にしなくていいですよ」わたしは言った。「単なるやっかみなんですから」

「はあ。そうですか」秋美は覇気《はき》なく言った。「でも、わたしはどっちでもいいんです。この子を預かって貰えるなら」

「ええ。もちろん、お預かりしますよ。詳しい話は説明会の後でしますから、ここで待っていてください」

説明会の後、わたしは耕治を預かる件について、話を詰めた。


次の日の八時頃、秋美は早速わたしの自宅に耕治を連れてやってきた。

今日も勧誘の予定が何件かあるが、子連れでも特に問題はないだろう。なぜ、秋美が子連れでの勧誘を嫌がるのか、全く理解ができない。

「それでは、今日一日お願いします。夜の七時までには迎えにきますので」

七時っていうのは、ちょっと長すぎるんじゃないかと思ったが、大見得を切った手前、早目に迎えに来いとも言えない。

まあ、いいわ。今日のところは遅くてもいいけど、明日からは早目に切り上げるよう交渉してみよう。あまり甘えさせるのもよくないわ。

「本当に只でよろしいんでしょうか？」秋美は申し訳なさそうに言った。

えっ。わたし、只でいいなんて言ったかしら？　そう言えば、料金の話はしてなかった。今更、お金の話なんかできない。仕方がないわ。これも宣伝の一環ということで納得しましょう。

「構いませんよ」わたしは微笑んだ。「わたしにお子さんを預けておられる時間に会員を増やしていただければ、却って得なぐらいですから」

「はあ。増やすんですか」秋美は不安そうに言った。

「そうですよ。下位会員を増やして儲けるビジネスモデルなんですよ」

「わかりました」秋美は溜め息を吐いた。「それでは、よろしくお願いします」秋美は去っていった。

どうにも頼りがないが、まあ、ああいう人間はどこにでもいるもんだ。

とりあえず、この子と打ち解けることから始めよう。礼都のような強引な手法ではなく。

耕治を居間に通した。

まず目線の高さを子供に合せる。

「耕治君はどういう遊びが好きかな？　先生は……」

耕治はわたしの顔の両側に手を添えた。

何だ。いきなり、友好的じゃないの。これなら、すぐに礼都の鼻をあかせるわ。でも、これってどういうこと？　ひょっとして、この子、いきなりわたしにキスしようというのかしら？

耕治はわたしの顔を少し上向き加減にした。そして、自分はやや俯きになる。完全に目線はずれてしまっている。

これじゃあ、キスはできないわね。どういう気かしら？

そう思った瞬間、顎に衝撃を受けた。

耕治は顎に頭突《ずつ》きをしてきたのだ。

世界が白黒になり、白と黒が一瞬のうちに何度も反転した。

顎はただ閉じられたのではなく、変な方向に捩《ねじ》れる形になってしまったため、耳の下辺りに強い力が加わり、ばりばりという不快な音がした。まるで、骨が砕けるような音だ。

その上、舌まで噛んでしまった。

「ぶべぼぼっふ」慌てて舌を引っ込めようとしたが、耕治の頭で強く押されているため、口を開けることができず、噛んだままだ。

耕治はさらに突き上げてくるため、しゃがんたままの不自然な体勢では耐え切れず、わたしの肉体は後方に倒れ込む。

がつん。

すぐ後ろにあったテーブルの角で頭をぶつけた。

しようとも思ってないのに、ぱちぱちと瞬《また》きが始まった。しばらくそのままの体勢で硬直していたが、徐々に身体は左にずれ、そのまま変な体勢のまま、床に倒れ込んだ。腰と膝を強く捻《ひね》ってしまい。ごきりっという不気味な音がした。

「あいたたたたっ!!」わたしはあちこちの痛みに耐えかねて、つい声を上げてしまった。

耕治はそんなわたしの様子を見てげらげらと笑いだした。あまりに笑い過ぎて立っていられなくなったらしく、床の上で転げまわっている。

わたしは口の辺りを手で拭った。手が赤く染まった。相当深く舌を噛んでしまったようだ。だが、口の中の傷は手当てしようもない。続いて、テーブルの角で打った頭に手を当てる。

べったりと血が付いた。尋常でないぐらいの出血だ。

しかし、この後、新人会員の勧誘の予定が入っている。病院に行っている時間はない。とりあえず傷口に血止めを塗って、ありあわせの布を頭に巻いておく。この上から帽子を被れば、なんとか隠せそうだ。

耕治はしばらく床の上で笑い転げていたが、いつの間にか姿を消していた。

わたしは悪い予感がしたので、耕治を探した。

耕治は書斎にいた。そして、今日見せるはずだった資料をびりびりに引き裂き、その上に放尿しているところだった。

「耕治君、何してるの？」

「しょんべんだよ、ばばあ！」耕治は口汚く言った。

「そんな口の利き方はやめなさい！」わたしは耕治を叱った。

「何だよ、俺を虐待するのかよ？」

「そんな、虐待なんか……」

「ばばあ、今、怒鳴ったよな⁉」

「いいえ。怒鳴ったりなんか……」

いや。怒鳴ってしまった。傷の痛みでいらいらしているところに、こんな酷いことをされたので、つい声を荒らげてしまったのだ。

「ごめんなさい」わたしはできるだけ穏やかに言った。「先生は驚いたものだから、つい大きな声を出してしまったのよ。怒鳴った訳じゃないわ」

「ばばあ、二度と俺のことを怒鳴るんじゃないぞ!!」

「耕治君、ばばあという言い方はやめてね。先生と呼んで頂戴」

「先生じゃないだろ」

「学校や幼稚園の先生ではないわ。だけど、人にものを教えるから、一応『先生』と
……」

耕治が突然、わたしの腹部に体当たりをしてきた。

わたしはバランスを崩してまた尻餅をついてしまった。

「おまえは偽の先生だ」

偽……。そう言われたら、そうかもしれない。わたしは医師ではないし、教師の資格もない。しかし、全く何の根拠もない訳ではない。わたしはダイナミックスタディ社から、ハイパーエデュケーターの資格を与えられている。これはメンバーの中でも特別にダイナックスタディ社の教育理論に精通していると認められた者だけに与えられる資格だ。だから、その意味では普通の教師よりも遥かに高レベルだと言える。

「耕治君、もう暴力はやめて」わたしは言った。「呼びたくなければ『先生』と呼ばなくてもいいから、痛いことはしないで」

「ふん」耕治はふてくされた顔をしながら、わたしに近寄ってきた。

わたしはすぐにでも逃げたいと感じたが、これはわたしを試そうとしているのだとわかったので、逃げ出したりはしなかった。ダイナミック教育論では、この行動は大人が自分をどれだけ大事に思っているのかを確認する作業なのだ。

耕治はわたしの顔を覗き込むように見てにこりと笑った。

ほら。もう信頼し始めているわ。

わたしも微笑みかけた。

耕治は跳び上がり、そのまま床に付いていたわたしの手の甲に全体重をかけた片足を落下させてきた。

「ひゃあ!!」わたしはあまりの痛みに絶叫した。

その姿を見て、耕治はげらげらと腹を抱えて笑った。

わたしは自分の手の状態を確認した。骨が折れたりはしていないようだった。だが、肘《ひじ》までじんじんと痺《しび》れており、指もうまく動かない。ひょっとするとどこか脱臼《だっきゅう》しているのかもしれない。

秋美に治療費を請求すべきかしら？　ひょっとすると、責任は子供を預かると言ったわたしの方にあるのかもしれない。だけど、怪我をさせた子供の母親なんだから、道義的な責任はあるわよね。一応、治療費は請求してみよう。駄目だったときは？　ダイナミックスタディ社に相談してみよう。確か法務部門があったはずだわ。

スマホのアラームが鳴った。

「あら。大変、もうこんな時間だわ」

新しい会員候補への説明の約束があったのだ。わたしの下位会員が近所のファミレスに連れてくることになっている。

どうしよう。

わたしは耕治を見て途方に暮れた。秋美が、この子がいるとネットワークビジネスができない、と言っていた理由はこれだったのだ。

こんな気性の激しい子を説明会に連れていったら、何が起こるかわからない。じゃあ、この子に留守番させようかしら？　いえいえ。この子を一人で家に置いて行ったりしたら、それこそ何をするかわからないわ。電気製品を壊したり、家具を傷付けるかもしれない。それに、勝手に家を出て行ってしまうかもしれない。こんな小さな子を一人で放置することと自体が虐待になってしまうわ。やっぱり連れていくしかない。

「耕治君、先生と約束してくれないかな？」

「はあ？　誰にもの言ってるんだ、ばばあ」

「そんな口の利き方、どこで覚えてきたの？」

「おまえに関係ないだろう、ばばあ」

わたしは深呼吸した。怒ってはいけない。この子は被害者なのだ。あの母親でないにしても、この子の周囲にはこんな言葉使いをする大人がいるのだ。この子はその大人の影響を受けているだけだ。

「先生はこれから人に会わないといけないの。耕治君をこの家に一人にしておけないから、一緒に連れていかないといけない。わかるわね？」

「俺は一人でもいいよ」

「耕治君みたいな小さな子を一人で置いていったら、虐待になってしまうわ」

耕治はにやりと笑った。

「虐待」という言葉は使わない方がよかったのかもしれない。だが、それ以外にうまい言い方もない。

「そうだね。虐待は駄目だから、一緒に行くよ」

とりあえず納得してくれたらしい。

わたしは全身の痛みに耐えながら、近くのファミレスまで、耕治の手を引いていった。

店の前までくると、中年の女性と若い男性が立っていた。

女性はわたしの下位会員である立花優香《たちばなゆうか》だ。もう一人が会員候補だろう。

「ああ。河津桜先生、こんにちは」優香は笑顔で言った。もちろん作り笑顔だ。まだ不自然さが残っている。もっと笑顔の練習をするように言わなければ。

「里中さん、こちら河津桜先生よ。有名な先生で、お忙しい中、お呼びするのは大変だったのよ。今日はしっかりお話を聞いて頂戴ね」

実際はそんなに忙しい訳ではない。しかし、忙しいと言っておいた方が、相手に対して少し優位な立場に立てるのだ。これは初歩的なビジネスのテクニックで、ダイナミックスタディ社のビジネス研修で徹底的に叩き込まれる。

「あら、そのお子さんは先生の……」優香は言葉に詰まったようだ。

それはそうだろう。わたしの子供にしては小さ過ぎる。かと言って、「お孫さんですか？」と尋ねて違っていたら、わたしを孫のいる齢だと思っていたということになり、非常に気まずいことになる。

わたしは助け舟を出すことにした。

「実はこの子は耕治君といって、わたしの下位会員のお子さんなのよ。孫だと思った？」

「いえいえ。そんなことはありませんよ。お子さんにしては少し小さ過ぎると思っただけで……」

「まだ、ネットワークビジネスに慣れてないとのことなので、わたしが預かることにしたのよ。本当は子連れでもできるというところが売りの仕事なんだけど、どうも自信がないということなので、最初のうちだけ預かることになったの」

「そうなんですか。お忙しいのに、下位会員のお子さんの面倒まで見ておられるなんて、さすが河津桜先生です」

「ふふふ。この仕事をしていると、自然にこういうことができてしまうようになるんだけどね」

耕治は挨拶もせず、黙って二人を見上げていた。まあ、この年代の子なら、そんなに不思議なことではないが、値踏みするような表情が気になる。まあ、この二人は気付かないだろうが。

「ああ。紹介しておかなくっちゃ。こちらは里中雄二《さとなかゆうじ》さんです。わたしの子供の家庭教師をしていただいてます」

「家庭教師ということは大学生？」

「あっ。はい」里中は相当緊張しているようで、声があまり出ていなかった。

「ネットワークビジネスは学生さんにぴったりなのよ」

「そうなんですか？」

「詳しくは店の中でお話ししましょう」

わたしたちはファミレスに入った。

昼前なので、比較的空いている。

わたしはざっと店内を見渡して、四人が座れる角の席を探した。ターゲットを角に座らせて、正面をわたし、隣に優香を座らせれば、逃げにくくなる。もちろん、物理的に逃げることは簡単なのだが、心理的に断り辛くなるのだ。

「あそこがいいわね。近くに誰もいないから話し易いわ」わたしは角席に誘導した。

大人たちはコーヒー、耕治はジュースを注文した後、本題に入る。

「だいたいのことはもうお話ししてあるの？」わたしは優香に尋ねた。

「はい。頭のいい方なので、もうだいたいは理解なさってると思います」

「ええと。もう資料はお渡しした？」

「はい」

「今日は持ってきてらっしゃるかしら？」わたしは里中に尋ねた。

「えっ？　持ってこなくちゃいけなかったんですか？」里中は動揺したようだった。

まずい。不安感を与えないようにしないと。

「いえいえ。もちろん、持ってなくても結構よ。実は今日持ってくる予定だったんだけど、わたしの不注意で汚しちゃって、持ってこれなかったのよ」

「じゃあ、今からわたしがとってきましょうか？」優香が言った。

「いいえ。それには及ばないわ。そんな複雑なシステムでもないし」

会員候補にはできるだけストレスを与えない方がいい。ここでじっと待つのは苦痛だろう。

「わたしたちの第一の目的は社会に正しい教育を広めることです。そこは理解されていますよね？」わたしは里中に尋ねた。

「ええ」

「そして、第二の目的は金銭的な成功です。これだって、人によっては重要な事です。当然ですよね。人はボランティアではなかなか動きません。正しいことであっても、なにがしかの報酬が必要なんです。これについては、特殊な学説があるのですが、今回は割愛させていただいてよろしいかしら？」

「ええ。それはもう」

「このダイナミックスタディのビジネスモデルは利益を生み出すシステムとして完成しているので、何の心配もありません」

「はあ」

どうやら、そこがまだ完全には納得できてないらしい。

わたしは里中の表情を見て推測した。

ウェイトレスが飲み物を運んでくるのを待って、いっきに畳み込む。

「あなたが会員になって、まずすることはダイナミックスタディ社から教材を卸値《おろしね》で買い取り、それをユーザーに定価で売ることです。定価は卸値の二割増しなので、これだけでまず儲けが出ます。買って売るだけ。物凄く単純よね。これはあらゆる商売の基本ね。もしこれで儲からないというなら、そもそも商業は成立しないということになる。だから、必ず儲かります」

「ええ。それはそうなんですが……」

「もう一つの側面はネットワークという点ね」

「そこなんです。よくわからないのは……」

「会員は新たな会員を勧誘することができます。自分が勧誘した会員は下位会員になります。そして、この下位会員の数が増えるにつれてロイヤリティ収入が得られるんです。十人ぐらいなら小遣い程度にしかなりません。でも、これだって何もせずに入ってくる不労所得なんです。下位会員が増えたら、それどころではありません。百人になったら一般サラリーマンの収入ぐらいになりますし、千人ならいっきに高額所得者です」

「僕に千人の下位会員を作るなんて到底無理です」

優香はほほほと笑った。

いいタイミングよ。

わたしもほほほと笑った。

「みんなそこを勘違いしているんですよ」わたしは続けた。「いいですか。自分一人で千人を勧誘する必要なんかないんです。あなたは二、三人勧誘すればそれでいい。そのぐらいなら、できそうでしょ。その後はあなたの下位会員がさらに新たな会員を勧誘するから自動的に増えていくのです」

「でも、その人たちだって、千人も集められないでしょう」

「だから、その人たちも二、三人ずつ勧誘すればいいんです」

「そんなことをしていてはいつまで経っても会員は増えませんよね？」

「そこがこのビジネスモデルの画期的な点なのです。ダイナミックスタディ社は世界中の数学者が気付かなかった数学理論を応用したのです」わたしは身振り手振りを加えて説得を続けた。「では、仮にあなたもあなたの勧誘した下位会員も二人ずつしか勧誘できないとしましょう。まあ普通に考えて、どんなに知り合いが少なくても二人ぐらいはなんとかなりますよね？」

「まあ、二人ぐらいなら……」

「あなたが二人勧誘する。そして、その子会員が二人ずつ勧誘する。そうすると孫会員は四人になります。子と孫と合わせて六人です。そして、今度はその孫会員が八人の曾孫《ひまご》会員を勧誘します。総勢十四人です」

「結構増えるものですね」

「これからが大事なところです。曾孫会員は十六人の曾々孫《ひひまご》会員——つまりあなたから数えて五代目会員を勧誘します。そして、六代目は三十二人、七代目は六十四人、八代目は百二十八人、九代目は二百五十六人、十代目はなんと五百十二人となります。ここまでの合計はわかりますか？　なんと千二十二人です。ほら。儲かる仕組みはすでにできているのです」

「……でも、十代も下位組織を作らなければならないんですよね？」

「あなたは二人を勧誘するだけなんです。その後、自動的に組織は出来上がっていくのです」

里中はしばらく考えた後、ぽつりと言った。

「その後はどうなんですか？　その十代目の人たちは儲かるんですか？」

「同じことですよ。その人たちも下位会員を同じように増やしてロイヤリティを得るんですよ」

「千人がそれぞれ千人の下位会員を持つとすると百万人ということになりませんか？」

ああ。やはり、そこを突いてきた。でも、わたしなら論破できる。

「ええ。そうですよ。凄い数だと思われるでしょうが、それでも、日本人口のたった一パーセントなんですよ」

「百万人がそれぞれ千人の下位会員を持つと十億人ですよね？」

「ええ。でも、このネットワークビジネスの範囲は日本に限った訳ではないので……」

「今日のところは帰っていいですか？」里中は立ち上がろうとした。

「いや。初心者の方はここのところで、誤解されるんですが、ネットワークはここで終わる訳ではないんです。会員が繰り返し、他の会員の下位会員となることで、いくらでも再生が可能なんですよ。これは数学的には多重化繰り込み理論と言うんです」

「えっ？」

「これは超実数論を使えば簡単に証明できるものなんです」

「いや。数学はどうも苦手で……」

「だったら、まず信じてください。実践すれば、この理論の正しさは肌で感じられるはずです。会費なんて僅かなものでしょ」

里中の顔に迷いが見えた。

もうひと押しだわ。とにかく入会させるんだ。会費を払って入ってしまえば、元をとろうとして、誰であろうと必死になり出す。

優香が契約書を取り出した。

耕治がばたばたし始めた。

ああ。今、大事なところなのに。

耕治はジュースの入ったコップを持ち上げた。

そう。あなたはジュースでも飲んでいて。

耕治はジュースを契約書の上に持っていくと、そのままひっくり返した。

「ぎゃっ！」優香は悲鳴を上げた。

ファミレスの中の客たちが一斉にこちらを見る。

「ちょっと、この子、大事な契約書に何をするの!?」優香は怒りの表情で耕治を睨み付けた。

「まあまあ、落ち着いて」わたしは優香を宥《なだ》めた。「ちょっと手が滑っただけでしょ。契約書はまた持ってくればいいわ」

「いいえ。この子はわざとジュースを零《こぼ》したんです。この目で見ていました」

確かに。わたしも見ていた。この子はわざと契約書の上にジュースを零した。家での言動を見ている限り、いかにもやりそうなことだ。

「わざとだとしても、子供のしたことでしょう。声を荒らげることでもないわ」

「そんな。半年かかって、やっと新しい下位会員になってくれそうな人が現れたんですよ」優香は泣きそうになりながら言った。「今日、契約してしまわないと、気が変わってしまうかもしれないじゃないですか！」

「えっ。半年って……。一人勧誘するのに半年も掛かったんですか？」

ああ。この女一番言ってはいけないことを……。でも、言ってしまったことは仕方がない。なんとか、わたしがリカバーしなければ……。

「里中さん、もちろん中にはそういう方もおられますわ。ただ、早くても遅くても、下位会員ができさえすれば、同じことなんですよ」

「いや。立花さんは早ければ早いほど有利だって言ったんです。ネットワークビジネスは早い者勝ちだって」

わたしは優香をちらりと見た。彼女がそう言ったのは間違いではない。わたし自身そう言って、優香を勧誘したのだ。遅くてもいいと口走ってしまったのは、明らかにわたしのミスだ。この場合のリカバーの仕方は三つある。一つはわたしが言い間違い、もしくは勘違いをしたと謝る。しかし、スーパーメンバーであるわたしがミスをしたというのは、どうも心証が悪い。二つ目は、「早ければ早いほど有利」だということと、「遅くても早くても同じ」ということが矛盾しないと言い包《くる》めること。だが、この期《ご》に及んで、それは相当に難しい。三つ目は優香が言ったことは間違いだとすべての責任を彼女に擦《なす》り付けること。優香には悪いが、それが一番成功の可能性が高い手だ。

「あら。立花さん、それって間違った考えですよ」わたしは優香に言った。

「えっ？」優香は心底驚いているようだった。

わたしは優香に目配せした。

だが、彼女は動転して目配せの意味に気付いていないようで、さらにひどく動転したようだった。

「あの。わたし、何がいけなかったのでしょう？」

会員候補の前で動転したことよ。

「早く始めた方が得なのは間違いないですが、早い者勝ちとは全然違うんですよ」わたしは優香を無視して里中に話し掛けた。

「でも、下位会員をつくらなければ、ロイヤリティは入らないんじゃ……」

「いや。ロイヤリティが入らなくても、こんな素晴らしい教材が卸値で手に入るんだから、それだけでも随分得だとは思わないですか？」

「いや。僕もう大学生なんで、教材とか特に要らないんですが……」

「いいえ。人生は常に勉強よ」

がっしゃん。

耕治はわたしのコーヒーまでもひっくり返した。いや。むしろ、テーブルの上に叩き付けたと言った方がいいだろう。カップは割れ、熱いコーヒーと共に飛び散った。一番の被害を受けたのは、真正面に座っていた里中だった。

「熱っ!!　熱っ!!　熱っ!!」里中は全身コーヒー塗《まみ》れとなり、飛び上がった。着ていたTシャツやズボンはコーヒーで濡れて、ぴったりと肌にくっ付いている。

これは相当に熱いだろうなと思った。

里中はTシャツを脱ぎ捨て、上半身裸になった。そして、ベルトに手を掛けたところで、はっと我に返ったようで周囲を見回した。

何十人もの客たちは全員里中を凝視していた。

「わっ!!」里中は悲鳴を上げた。

ファミレス内にくすくすという笑いが広がった。

慌てて布巾《ふきん》を持って、店員たちが走り寄ってくる。

「今日は帰らせてもらいます！」里中は脱いだTシャツを摑むと、逃げるように店内から出ていった。

ああ。もうこれは契約はないだろうな、と思った。

耕治は里中が残していった熱いコーヒーを、テーブルを拭く店員の頭の上に掛けた。

「耕治君、どうしてあんな悪いことばかりするの？」家に帰ると、わたしは耕治に問い掛けた。しゃがんで目の高さを同じにする。

頭越しに叱りつけるのは駄目だ。ダイナミック教育論によると、子供の悪戯《いたずら》は必ず何かのシグナルなのだ。子供が悪戯したときに叱るのは保護者の役割ではない。大事なのは、子供の発するシグナルを正しく受信する事なのだ。

「面白いから」耕治はにやりと笑った。

「面白いって、人が苦しむのが面白いってこと？」

耕治は頷いた。

「そんなはずはないでしょ。だって、痛かったり、熱かったりするのは誰でも嫌だもの。耕治君は痛いのは好き？」

耕治は首を振った。

「みんなだって、痛いのは嫌なのよ。わかるでしょ」

「うん。わかるよ」

「じゃあ、もう人を痛がらせるのはやめようね」

「嫌だ」

「どうして？　みんな痛いのよ」

「だから、やるんだよ。俺は人が痛がるのが好きなんだ」

「でも、耕治君は痛いのが嫌なんでしょ」

「嫌だよ」

「だったら、人を痛がらせるのは……」

「他の人が痛くても、俺は痛くないんだ」

「えっ？」

「自分が痛いのは大嫌いだけど、人が痛がるのは好きなんだ」

「耕治君は人が痛がっていても平気なの？」

「うん」

「でも、もし自分に同じことがおきたら、どう思う」

「それは嫌だ。痛いのは大嫌いだから」

「だったら、人を痛がらせるのはやめなきゃ」

「どうして？　人が痛がるのはとても面白いよ」

「でも、自分に同じことが……」

「人が痛がっても、俺は痛くないんだ。自分が痛いのは大嫌いだけど、人が痛がるのはとても面白い。笑いが止まらなくなるぐらいだよ」

「そんなはずはないわ。人が痛がったら、耕治君の心も痛むはずよ」

「でも、そうなんだよ」

　この子は何を伝えたいんだろう？　人に痛みを与えることで、自分が心に抱えている痛みを伝えようとしているんだろうか？　だとしたら、それを受け止める以外にこの子の心の闇を覗き込むことはできない。

「わかったわ。じゃあ、先生を痛がらせてみて。本当にそれで自分の心が痛くないか確めて……」

　耕治はいきなり、わたしの鼻っ柱を殴り付けた。子供の力とはいえ、突然だったため、殆ど受け止める準備ができていなかった。まともに喰らって、また後ろに倒れてしまった。

　顔がぬるぬるすると思ったら、鼻血が出ていた。

　テッシュを詰めないと。わたしが立ち上がろうと手を付くと、今度は後頭部に衝撃を受けた。

耕治が踵《かかと》を打ちつけてきたのだ。

数時間前に傷付いたところだったので、非常に強い痛みを覚えた。傷が開いたかもしれない。手で触ると、包帯から血が溢れていた。

「耕治君、こんなことをしても自分の胸の痛みはなおらないでしょ？」わたしは顔を上げた。

ガラスのコップがわたしの目を目掛けて飛んできた。

慌てて避けたが、コップは壁にぶつかっていくつかの破片が飛び散った。

「耕治君、危ないでしょ。ガラスの破片は刃物なのよ。さあ、一緒に拾いましょう」

わたしが立ち上がる前に、耕治はさっとガラスの破片の元に走っていった。

「そうよ。お利口さんね。でも、危ないから気を付け……」

耕治は一番大きな破片を手にした。

わたしは胸騒ぎがした。

まずは立ち上がる。全身のあちこちが悲鳴を上げるが、痛がっている場合ではない。

耕治は一瞬きょろきょろと部屋の中を見たかと思うと、突然椅子の上に乗り、続いてテーブルの上に駆けあがった。テーブルの上で助走し、そのまま宙を飛び、わたしの顔目掛けて、ガラスの破片を突き出した。

目には当たらなかったが、目の下に当たり、そのまま頬を縦に切り裂き、口の横辺りまで達したところで、顔から離れた。

最初はさほど痛くなかったので切れてないのかと思ったが、すぐにどくどくと血が溢れてきて、痛みも遅れて襲ってきた。

ぼたぼたと血が床に垂れた。

わたしは悲鳴を上げた。大怪我だわ。

「どうして、こんなことするの?」

「だって、ガラスの破片は刃物だって言ったじゃん」耕治は屈託なく笑った。「刃物だって聞いたから切ってみたんだよ」

どうしよう? 病院に行かなきゃ。……そうだわ。救急車を呼べばいいんだわ。

耕治はわたしの鞄を漁《あさ》っていた。

「何をしているの?」

「これを探してたんだ」耕治はわたしのスマホを取り出し、床に置いた。そして、椅子を少し持ち上げ、その脚をスマホの画面に叩き付ける。

スマホの画面は砕け散った。

「そんな……」

そうだわ。うちには固定電話があった。一人暮らしだから、必要ないかとも思っていたが、解約しないでおいてよかった。

だが、耕治の方が先に行動していた、カッターナイフで電話線を切断していたのだ。

わたしは反射的に受話器を上げたが、ツーとも言わない。ふと思いついて小機を手に取ったが、こちらも当然繋がらない。

耕治はこちらを見て笑った。

この子は行き当たりばったりに動いてるんじゃない。全部計算の上だ。自分がわたしを傷付けたら、わたしがどのように行動するかを的確に予想して動いている。

動揺しては駄目。この子のペースに嵌《はま》るだけだ。しょせんこの子は小さな子供に過ぎない。わたしは大人だ。落ち着いて行動すれば、何も恐れる必要はない。

「危ないからカッターナイフを先生に渡しなさい」わたしは耕治に向けて手を差し出した。

耕治はカッターナイフを差し出した。

わたしがそれを受取ろうとした瞬間、耕治はさっとナイフを横に振った。

わたしの掌に横一文字に傷ができた。

「ああああああ!!」わたしはまた悲鳴を上げた。

耕治はけたけたけたけたけたと笑い、部屋から走り去った。

どこに行ったのかしら？　でも、今は一息吐けそうだった。

いったいあの子に何があったのかしら？　あの子を助けなくてはならない。あのままでは、あの子自身が破滅する。母親の秋美には任せておけないし、ましては礼都に預けるのは言語道断《ごんごどうだん》だ。あんな人に任せたら、耕治の人格が崩壊してしまう。

わたしの怪我よりもまずあの子の心のケアが優先だ。

「耕治君、どこにいるの？　先生とお話ししましょう」わたしは廊下に出て、耕治に呼び掛けた。

廊下にわたしの血がぼたぼたと垂れた。顔からなのか、鼻からなのか、頭からなのか、口からなのかも定かではない。

台所から耕治が現れた。逆光なのではっきりしないが、何かを持っているようだ。

「耕治君、何か危ないものを持ってるんじゃないでしょうね？」わたしは光を避けるため、目を細めながら近付いた。

耕治は出刃包丁を持っていた。

六歳やそこらの子供の力だと、大人を刺し殺すほどの力はないかもしれないが、それでも使い方によっては大怪我をしてしまう。無理に取り上げるのはよくないかもしれない。

「耕治君、包丁は危ないわ。下に置きましょうか？」

「包丁が危ないのは知ってるよ。だけど、僕は子供だから捕まったりしないんだ」

「捕まらないけど、心に傷が残ってしまうわ。先生は耕治君のためを思って言ってるのよ」

「嘘だ」

「嘘じゃないわ」

「先生は自分が痛いのが嫌なだけだ」

「違うわ。自分のためじゃない。耕治君のことが心配なの。さあ、包丁を下に置いて」

「本当に自分が痛いのが嫌なんじゃないの？」

「ええ。そうよ」

「だったら、ちょっとだけ切ってもいい？」

「ええっ？　……」わたしは耕治の言葉に驚いて言い淀んでしまった。

「ほら、やっぱり自分が痛いのが嫌なだけなんだ。俺のことなんかどうでもいいんだ」

「違う。……じゃあ、切ってもいいわ。だけど、お腹や顔はだめよ」

「どこなら切っていいの？」耕治はきらきらとした目で近付いてきた。「ねえ。どこを切っていいの？」

「あの……手なら少し切ってもいいわ」

「血が出てもいい？」

血なら、もうかなり出ている。少しぐらい出血が増えても同じことだ。

「じゃあ、手をここに置いて」耕治はわくわくしているようだ。

わたしは手を握って床に置いた。

「広げて」

わたしは一瞬不安を覚えたが、耕治との信頼関係を損なわないために、思い切って指を広げた。

耕治の動きは素早かった。目にも止まらない動きで、わたしの人差し指と中指と薬指の付け根に出刃包丁の刃を押し付けた。

確かに痛いが、今までの傷に較べればそうでもない。

耕治は刃を引いた。

「うっ！」

皮膚が切り裂かれ、歯の先が筋肉の中に喰い込んでいくのがわかった。

「もうやめて!!」わたしは耕治の手を押さえようとした。

耕治の瞳が怪しく光った。

わたしの手が触れるか触れないかの状態で、耕治は跳び上がった。

その動きはスローモーションのように見えた。

耕治の脚はわたしの指の付け根に喰い込んでいる出刃包丁の刃の背に着地した。

だんっ!!

思いの外、大きな音だった。

肌色の細長いものが三本、床の上を滑っていった。

三本の赤い筋を引いて止まる。

その中の一本が止まってから少しだけ曲がった。

「へえ。切れても動くんだ」耕治が嬉しそうに言った。

包丁と手の間からどくどくと血が溢れ出した。

あれ、何？　あそこにある三本の白いのは何？

わたしは自分の指が切断されたことに気付いた。それはとてつもない恐怖だった。目の前が真っ黒になる。

わたしは絶叫した。

「どうして？　どうしてこんなことしたの？」目からは涙、鼻からは鼻水、口からは涎《よだれ》が止めどもなく流れ出した。「こんなに痛いの初めてよ」

「本当に痛い？」耕治はわたしの顔を覗き込んだ。「どのぐらい痛いか教えて？　箪笥《たんす》の角に小指ぶつけるのの何倍ぐらい痛い？」

むらむらとどうしようもない感情が爆発した。

「痛いのよ!!」

耕治はけらけらけらと天使のような笑顔で笑った。

ああ。そうだ。指はとれてもまたくっ付くんだった。何だ。慌てて損した。わたしって馬鹿みたい。確か氷水で冷やして病院に持っていけばくっ付けてくれるんだっけ。電話は壊れてるけど、ご近所さんに救急車を呼んで貰えばいいんだわ。

とても、痛いけど、とにかく我慢して指を拾わなくては。

わたしは立ち上がり、自分の三本の指に手を伸ばした。

だが、耕治は素早く指を三本とも摑みとった。

「ああ。返して。それはわたしのよ」

耕治は出刃包丁を振り上げた。

わたしは反射的に身を屈《かが》めた。

がしゃん、という音がした。

耕治が出刃包丁をガラス窓に投げ付けたのだ。

ガラスが割れてしまった。
わたしが気をとられている間に耕治は走り出した。
「あっ。待って」わたしは血をぼたぼたと垂らしながら、耕治を追った。
耕治はトイレのドアを開けた。
わたしは耕治が何をしようとしているのかがわかった。
「やめて!!　わたしの指なの!!」
ぽちゃんと水音がした。
「嘘っ！　嘘でしょ」わたしは転げながら、トイレに走った。
耕治は水を流した。
わたしは便器の中に手を突っ込んだ。
自分の指に触れたと思った途端、それはどこかに行ってしまった。
下水に流れ込んでしまった。
わたしの大事な指が下水に。
耕治はけたたけたと笑った。
物凄い怒りが体の底から込み上げてきた。
「この糞餓鬼《クソガキ》が!!」わたしは血塗れの手で、耕治の喉を摑んだ。

だが、痛みのため力が入らず、するりと抜けた。

「助けて!! 小母《おば》さんがおかしなことをするよ!!」 耕治は割れた窓に向かって大声で叫んだ。

この子は何を言ってるのかしら? おかしなことをしているのは自分なのに。

それからはなんだか夢を見ているようだった。家の中で耕治を追い掛け回して、いつの間にか家の外に出ていた。大勢の人たちが集まってきた。わたしが耕治を捕まえようとするのをみんなが引き離す。わたしは耕治が悪いと説明したが、不思議なことに誰も聞いてくれない。

うん。おばさんが包丁を振り回したんだ。おまえのせいで契約ができなかったとか言って。必死になって逃げていたら、おばさんが自分で包丁の刃を摑んだんだよ。

何言ってるの? 全然違うじゃない。わたしは耕治の言葉があまりに出鱈目《でたらめ》なので、げらげらと笑った。

みんなはわたしを見ている。きっと可哀そうだと思ってるんだ。ああ。よかった。

パトカーと救急車がやってきた。きっとあの子は警察に連れていかれる。あの子がいくら嘘をついてもすぐばれる。あの子は天性の悪魔だから、自分の正体を隠してはいられない。警察でもすぐばれるよ。

わたしは担架に乗せられ、ぐるぐる巻きにされた。

いつの間にか、耕治の横に女が立っていた。

「新藤礼都さんとおっしゃるんですか？」

「ええ。母親が来られないので、代わりにわたしが来ました」

「あの女性によると、この子は誰の言うことも聞かない。暴れん坊だと」

「そんなことあるはずがありませんわ」礼都は笑った。「耕治、気を付け」

「はい！」耕治はぴしっと直立不動になった。

礼都は耕治の耳に囁いた。

不思議なことに、わたしにはその声が聞こえた。

「警察では教えた通りに話すの。わかっているわね」

「うん」

「あんた、ちょっとやり過ぎよ。ここまでやれって、誰が言った？」

「だって、あのはばあに騙されて大金取られて一家離散とかになった奴とかから、懲《こ》らしめてくれって、頼まれたんだろ？　だったら、あいつ悪い奴じゃん」

「あんた、それを理由にやりたい放題しただけよね？　でも、まあいいわ。これで謝礼は貰えそうだから」

「俺にも小遣いくれる？」

「餓鬼に金なんて渡す訳ないでしょ」

「何だよ、それ⁉　仕事のやり損じゃんかよ‼」耕治は愚図《ぐず》り出し、寝転がってじたばたと手足を動かした。

「大人しくしろ」礼都が言った。

「はい！」耕治は瞬時に立ち上がり、再び直立不動の姿勢をとった。

わたしはその様子がおかしくてげらげらと笑い続けていた。

ナンパ教室講師

僕の両親は決して勉強を無理強《じ》いすることはなかった。

だからこそ、僕はのびのびと勉強することができたのだ。勉強を無理強いすれば、結局その子は勉強嫌いになってしまう。そうではなく、子供の自主性に任せて自分の意志で勉強させれば、その内容は必ずしっかりと身に付くのだ。

「世の中の親の殆どは自分が子供だった頃のことを忘れているのだ」父は言った。「勉強しろ、と言われて嬉しい子供がいるか？　無理強いすることで、子供は不快感を覚える。そして、その不快感を脳が記憶するんだ。だから、勉強イコール不快という方程式が頭の中にできあがる。うちの子供にはそんな馬鹿な教育はしない。常に自主性を伸ばすことだけを考えるんだ。親はただ本人が気付くのを待つんだ。そりゃ、待っているときには苛々《いらいら》するもんだ。だが、いったん自分で、勉強しようと思い立ったら、そのときはこれほど心強いものはない。それは無理強いではなく、自分でやりたいと思ってやっているのだから、サボる理由はないのだ。自分がしたいことをサボる人間などいない。要は簡単なことだ。子供に勉強させる最善の方法は勉強を無理強いさせることではない。ただ、子供がその気になるのを待てばいいだけなのだ。子供を叱ることは親にとっても子供にとっても、辛いことだ。それに較べると、待つことのストレスはたかが知れている。親も楽だし、子供も楽だ。その上、子供は好きなことをして学力を伸ばせるのだ。これ以上、何を望むというのだ？」

「勉強は楽しいことなのよ」母は言った。「だからといって、やりたくないのに無理にする必要はないのよ。もし今勉強をしたくないと思っていても、それは別に気にしなくていいのよ。勉強したくないのなら、しなくてもいい。でも、いつかきっと、勉強をしたいと思う日がやってくる。そのときは思いっきり勉強しなさい。誰もあなたを止めたりはしないから。好きなだけ、もう何時間でも何日でも自分が納得できるまで、勉強を続けなさい。お母さんはあなたを全力でサポートするから。食事やその他あなたが勉強に必要なものはすべて用意するわ。だから、あなたはどれだけ勉強に集中しても周りを気にする必要はないのよ」

全く素晴らしい両親だ。この両親がいたからこそ、今の僕がいるのだ。両親の予言通り、僕は勉学に目覚め、そして東大の医学部と法学部のどちらを受験しようか迷っている。医師も弁護士もどちらも僕には魅力的な職業に思えたのだ。

もちろん、世の中、何一つ問題がないということはあり得ない。

正直に言おう。僕は浪人中だ。だが、それがどうだというのだ？　東大の文一と理三なのだ。現役で通らなくたって、恥ずかしいことではない。

だが、浪人生活を続けながら、ポジティブであり続けることはそんなに楽なことではない。図書館と家の往復をし続ける毎日には、ほとほと嫌気が差してくる。

そんなとき、電車の窓から見えた看板が僕にはとても魅力的に見えたんだ。

ヒッティング・オン・アカデミー——ナンパ大学
もちろん、そんな名前の大学があるはずがない。たぶん、「大学」というのは、「大学のようにナンパ術を詳しく教える」という意味だろう。大学でもないのに、大学を名乗るのは、厳密には法律違反だろうが、ナンパを教える大学なんかあるはずがないのは、誰でも予想が付くところなので、ぎりぎりセーフのネーミングというところだろうか。とにかく、その看板は酷く僕の心を惹き付けたのだ。

思えば、東大受験を志してからは、僕の青春は全くなかったと言っても過言ではない。実際のところ、どうやって女性に話し掛けていいかすらもわからない。もちろん、今ナンパなんかしなくても、東大に入りさえすれば、女性と付き合うことなどいとも簡単なことだろう。だが、それはあくまで入学後の話であって、いくら入学確実だと言っても、現実の僕は浪人生でしかない訳だ。トップの成績だろうとぎりぎりであろうと、東大に合格したやつは東大生だし、一点差で東大の合格を逃した者も底辺大学に手も足も出なかった者も浪人生は浪人生だ。全く理不尽なことだが、現時点の僕は後者にカテゴライズされる。世間は可能性では判断してくれない。結果がすべてなのだ。

もちろん、あと一年我慢すればいいだけの話だ。だが、この一年は人生の中でも特に貴重な一年なのではないかという気もする。その一年の間に女性と付き合う機会がなくていいものだろうか？　別に生涯の伴侶を得ようと言う訳ではない。単に一時的に快楽を共にする相手が欲しいだけなのだ。

という訳で、僕は今まで降りたことのない場末の駅に降り、そのいかがわしい看板を掲げるビルに向かった。

入ると、すぐに受付があった。

受付には目付きの悪い男が座っていて、彼の説明によると、受講は一回単位と十回単位があり、十回分を纏《まと》めて支払った分が割安だということだった。だが、十回分の料金は相当高かった。おそらく並みのサラリーマンのひと月分の給料はありそうだった。

僕はとりあえず一回分だけ受講しようと思った。

「一応、アドバイスしとくけどな」男は言った。「一回だけ受けても殆《ほとん》ど意味はないぜ」

「えっ、そうなんですか？」

「特にあんたの場合は年齢的にも、一回じゃあ、何も得るところはないと思うぜ。ナンパの経験ゼロなんだろ？」

「ええ。まあ」僕はしぶしぶ正直に答えた。

「だったら、十回纏《まと》めて講義を受けることを勧めるぜ。十回受ければ一通りのことは学べる。即、プロのナンパ師になれるぜ」

ナンパにプロもアマもないだろうと思ったが、ひょっとするとナンパで金儲けをする方法もあるのかもしれない。金持ちの女を捕まえて貢がせるとか。でも、それはもうナンパとは別のジャンルであるような気もする。

僕は悩んだ末、十回分の受講契約を結ぶことにした。

毎月小遣いを渡すのが煩《わずら》わしいということで、親からクレジットカードを渡されていたので、支払いには問題がなかった。

手続きが終わると、すぐに講義室——とはいっても、古いマンションの一室としか思えなかったが——に案内された。

そこにはすでに四名の生徒たちがいた。

生徒たちの風体《ふうてい》を見て、すぐにああ場違いだな、と感じた。

彼らもまた僕の方をじろりと見て、場違いだなと思ったようだった。だが、好奇の目で見たのは一瞬だけで、すぐに目を逸《そ》らした。所詮、彼らはナンパ術を学びに来たのだ。他の生徒のことなどどうでもいいのだろう。

一人はきちんとスーツを着、ネクタイを締めたサラリーマン風の男だ。おそらく本当にサラリーマンなのだろう。別にナンパなどしなくても、普通に婚活をすれば相手ぐらい簡単に見付かりそうだが、おそらく結婚には興味がなく、単に女遊びがしたいということなのだろう。

二人目はいかにもホストですよ、と言わんばかりの服装をした男だった。しかし、ホストと言えば、女の扱いはお手のもののはずだ。となると、こいつは単にホストのコスプレをしているだけなのかもしれない。ホストの恰好をしていれば女にもてると思っているのかもしれない。その考えが間違っているのかどうかもわからない。あるいは、本当にホストで、とてつもなく営業成績が悪いので、ナンパ術でも身に付けて、女を手玉に取ろうということなのかもしれない。まあ、どっちでもいいが。

三人目はどうみてもヤクザ者だった。それも幹部ではなくチンピラだ。チンピラヤクザなら、その気になれば脅していくらでも女をものにできるだろうと思ったのだが、最近はそう簡単なものではないのかもしれない。あるいは、脅さずに女を落としたいと思っているのかもしれないが、その恰好は明らかに逆効果だと思われた。まあ、そんなことをわざわざ教えてやる必要はないが。

そして、四人目は一人目のサラリーマンとよく似た雰囲気ではあったが、それよりはラフな服を着ていた。よれよれになって、ところどころ汚れていた。よく見ると、粉っぽい汚れだった。たぶんチョークの汚れだろう。だとしたら、こいつは教師だ。教師がナンパなどとは呆れたものだが、もちろんそんな意見を言うつもりはない。

僕も含めて受講生たちは互いに話をしなかった。それどころか目を合わせることすらしない。

まあ、当然と言えば当然だろう。ナンパ教室に通うことは恥ずかしい。つまり、モテない、かつコミュニケーションが下手、かつ女好きだということはばれている訳だ。自分がそんなやつだと知られるのは恥ずかしいし、そんなやつらと知り合いにもなりたくない。

椅子が何脚か用意してあったが、受講生たちはなぜか椅子には座らず、それぞれが立ち尽くしていた。ナンパ術の講習を受けに来ているものが、ちょこんと椅子に座って待っている様子を考えただけで、恥ずかしくて死にたくなる。たぶん、みんなも同じ気持ちなのだろう。

サラリーマンとホストとチンピラと教師と浪人生が無言で、同じ部屋の中にいるというシチュエーションは、よく考えるとシュールなのだが、そんなことよりも居辛いので早く講義を始めて欲しかった。もし、あと五分経っても講義が始まらないのなら、受講料は勿体ないが、帰ろうと決心した。ひょっとしたら、そういう手なのかもしれないが、このまここにいたら息が詰まってしまう。

部屋に誰か入ってきた。

やっと講師が来たか、それとも六人目の受講生かと入り口の方を見ると、なんと女性が入ってきた。

齢の頃は三十代半ばぐらいだろうか。美人だが、僕からすると少し齢を取り過ぎているようにも思えた。そして、とても不機嫌そうだった。

ああ。この人は何か別の部屋と間違えて入ってきたんだ。言ってあげないと。でも、知らない女の人と話すのは億劫《おっくう》だ。誰か他の人が注意するのを待つことにしよう。僕は女性に気が付いていないふりをしながら、数メートル先の床を見詰めた。

だが、他のメンバーもまるで、その女性に気付いていないかのように、それぞれが自分の数メートル先の床を見詰めていた。

そりゃあ、そうだろうな。

僕は納得した。

ナンパ教室に通おうと考えるような人間がこんな美人に話し掛けられるはずがない。

女性はそのままずんずんと部屋の中に進んできた。そして、僕たちの間を通って、部屋の最奥部《さいおうぶ》にあるホワイトボードの前に立った。

これはさすがに言わなくっちゃあ、いけないだろうな。この女の人は、きっと英会話教室の先生か何かで、部屋を間違えたまま授業を始めようとしているんだ。

女の人は無言で、僕たちを見回し、そして掌を広げて僕たちの方に向けた。

「言いたいことはわかってるわ。だけど、わたしは教室を間違えた訳じゃない。みんな、とりあえず席に座って。ぼうっと突っ立ってられると落ち着かないから」

僕たちはのろのろと椅子に座った。

「わたしは新藤礼都。ナンパ教室の講師よ」

受講生たちから、おおという驚きの声が漏れた。

いや。これはおかしい。僕は女性とうまく接することができないからナンパ教室に通うことにしたのに、こんな美人の講義なんかまともに受けられるはずがない。

そう主張しようと思ったのだが、それすらもちゃんと言えるような気がしないので、僕は黙って俯いた。

「ええと、みんな何か言いたそうね。そこのあんた、言ってみなさいよ」礼都はサラリーマンを指差した。

「えええええ!?　わたしですか!?」サラリーマンが素っ頓狂《すっとんきょう》な声を上げた。

「わたしが見るところ、あなたが一番まともそうだから。怖がらなくていいから、思ったことを言ってみて」

「……ええと……あの……わたしは今回で三回目になるんですが」

「へえ。役に立った？」

「……あの……はい。なんとか声を掛けられるようになりました。まあ、ナンパ自体はまだ成功していないのですが」

「それ役に立ってるの？」

「まあ、それはよくわからないんですが。……そんなことより、今までは男性の先生だったのに、どうして今回は女性の先生なんですか？」

「前の人がやめたからよ。……と言っても、わたしはどんな人だったかも知らないけど。わたしが講師になる前のことだから。とにかく、ここが講師を募集していたから、応募したら合格した。それだけのことよ」

「でも、女性がナンパを教えるなんて……」

「応募要件に性別のことは書いてなかった。もっとも、性別が書いてなかったのは、単に書き忘れたからみたいだけどね。女が応募してくることなんか、考えてもみなかったらしいわ」

「普通はそう思いますよ。断られなかったんですか？」

「断られたわ。でも、ちょっと押したら採用になったわ」

「押す？」

「交渉のテクニックよ。募集広告に書いてなかった条件を後で提示したということをしかるべきところに申し出たら、ここはどうなるのかしら、って言っただけよ」

「それって、脅迫じゃないんですか？」

「交渉術よ」礼都は言い切った。

「でも……」

礼都がサラリーマンを見詰めた。睨んだという程の鋭さはなかった。だが、サラリーマンは衝撃を受けたようで、しゅんと俯いた。

「あ……あの……」ホストが手を上げた。「いいですか？」

「何？」礼都は面倒そうに言った。

「講師は女性より男性の方がいいんじゃないでしょうか？」

「それは随分と問題発言だけど、わたしの好意で不問に付すことにするわ。で、どうして男性の方が向いていると思うの？」

「それはナンパは男のするものだからです。あっ。逆ナンとかもありますが、とりあえず俺たちは男だから、男がするナンパの方法を知りたいんです」

礼都はしばらく無言で、僕たちの顔を眺め、そして、ぽつりと言った。「あんたらがモテない最大の理由は馬鹿だからよ」

「な……なんで俺たちが馬鹿なんだ⁉」チンピラが凄《すご》んだが、喋り出しで言葉に詰まったことで、実は自分の方がびくついていることを暴露してしまっている。

「だって、男の方が女より女の落とし方に詳しいと思ってるんでしょ？」

「そ……それはそうだろ。女をナンパするのはたいてい男だ」

「あんたたちだって、男よね。でも、ナンパの仕方はわからない。違う？」

「女だったらわかるのかよ？」

「もちろんよ。女だからこそ、女がどうナンパされたら嬉しいかわかるのは当然じゃない」

なるほど。言われてみればそうだ。女の落とし方は女に聞くのが正しいような気がしてきた。

「でも、今まで習ってきた分は……」サラリーマンは不服気に言った。

「全部忘れて」礼都はこともなげに言った。

「えっ？」

「無駄なことは忘れて。そうでないと、これからの学習の妨げになるわ」

「でも、全部無駄ってことはないんじゃないでしょうか？」

「じゃあ、訊くけど、どんなことを習ったの？」

「ナンパの立ち位置とか？」

「立ち位置？」

「通せんぼをするように真正面に立つのはNGだと言われました。恐怖心を与えるからだとのことです。相手の進路を塞《ふさ》がないように相手の斜め前方やや前の位置で、相手との距離を一定に保つように後ろ向きに歩くんです」

「ああ。まあ、真正面に立つと怖いわね。でも、斜め前でも怖いことは怖いのよ」

「でも、前に立たないとナンパできないでしょ」

「そのノウハウは間違ってはいないけど、役に立たない。他には？」

「誘い方です」教師が言った。「まずはハードルが高いことを要求します。一緒にカラオケに行こうとか、飲みに行こうとか言った後で、十五分だけお茶しようとかそういうふうなクリアしやすい話題に……」

「心理学的には間違ってはいないけど、やはりナンパの役には立たないわ。他には？」

「話題だな」ホストが言った。「常に得意な話題を五、六種類用意しておいて、相手の反応を見て、即座に切り替えれば、相手を飽きさせることはないって言われた」

「ふむ」礼都はホストを値踏みするような目で見た。「あんた、プロ？」

「ま、まあな」ホストはどぎまぎと答えた。

「プロなのに、ナンパの技術もないのね」礼都は馬鹿にしたように言った。

「誰だって、最初は素人っぽいもんだ」

「でも、仕事には向き不向きがあるわ。九九《くく》が唱えられない子に設計士は向かないし、クラスで一番脚の遅い子にスポーツ選手は向かない。ホストはナンパぐらい自然にできるような子がする職業よ。あんたには向かない」

「いや。だから、こうやって、ナンパ教室に来てるんだよ」

「女たらしも天性のものなの。あんたには才能がない」

「やめろって言うのか？」ホストは立ち上がった。

「そんなことは言ってないわ。あんたにはナンパの才能がないし、ホストにも向いてないって言っただけよ。でも、わたしの話を聞けば、そこそこまでいけるわ。そこそこまでだけど。そこそこが嫌だというのなら、ここをやめて余所《よそ》に行けばいいわ」

ホストは何か言いたげだったが、数秒間苛々とした動作をしただけで、また大人しく座った。

礼都は僕の方を見た。

いや。僕、何にも言ってないけど。

「あんた、ちょっと場違いね」

「あの、僕、まだ浪人生なんです。だから、他の人とはちょっと齢が離れて……」

他の受講生がどよめいた。

「ご両親はここに来ていることはご存知なの？」

「そんなこと、知ってる訳がないでしょ」

「浪人生が来てはいけないってことはないわ。必ずしも、両親に知らせなければならないってこともない」

「だったら、なんでそんなことを訊くんですか？」

「ちょっと興味があるの」礼都はじっと僕を見詰めた。

えっ？　ひょっとして僕、逆ナンされてるの？

礼都は手元のファイルを確認した。

「なるほど。あんたは今日が初めてなのね？」

「そ、そうです。僕、初めてなんです」僕はどぎまぎと答えた。

「じゃあ、一番新鮮な気持ちで今までの話を聞いていたわね。今までの講師が話していたという内容を聞いて、どう思う？」

「その、聞いた瞬間はなるほど、と思いました。でも、先生のお話を聞くと確かにたいした話でもないような気もします」僕は正直なところを言ってみた。「だけど……」

「だけど、何？」

「僕たちはそのナンパのセンスが皆無なんです。だから、そういう細々《こまごま》としたノウハウを地道に積み上げていくしか、方法がないと思うんですよね」

他の受講生たちがうんうんと相槌《あいづち》を打った。

「もうね。その発想がすでに的外れな訳よ。考えてみて、恋の相手が欲しいのは、男も女も一緒なのに、どうして逆ナンする女が少ないか？」

教師がおずおずと手を上げた。

「はい」

「性欲が少ないからですか？」

「それは確認しようがないし、個人差も大きい気がするわね。他には？」

「妊娠するかもしれないからですか？」僕は自分の考えを言った。

「その通り。あと一般的に体力が男に劣るから、暴行を受ける可能性もある。見知らぬ男に容易についていかない理由はそこにあるのよ」

おお。目から鱗《うろこ》が落ちるとはこのことだ。

「でも、それだとナンパ自体とても難しいということになりませんか？」

「そうよ。俳優のようなイケメンでもそこらの女性をいきなり口説き落とすのはとても難しい」

「だったら、これ詐欺《さぎ》じゃねえのかよ、おい！」チンピラがどんと机を叩いた。

礼都はふんと鼻で笑った。「みんな、見た？　こんなことしそうな男に普通の女がついていくと思う？」

「何だと、こら？」チンピラは立ち上がった。

「虚勢を張るのはいい加減にして」礼都は静かに呟いた。「こっちはあんたの個人情報を握ってるの。入会時に身分証明書を提出して貰ってるから、嘘情報でないことは確認済みよ」

「そ、それがどうしたって言うんだ？」

「ナンパ教室に通ってることを知り合いに知られてもいいの？」

「こ、個人情報を漏らしたら、捕まるのはそっちだぞ！」

「じゃあ、試してみる？　わたしはヤクザに脅されたから仕方なくやったと言えば、きっと情状酌量《じょうじょうしゃくりょう》されるから」礼都はにやりと笑った。

僕はぞっとした。そして、なぜかむらむらとした。

「でも、先生」ホストが言った。「ナンパ成功法が存在しないのに、ナンパ教室を開くっていうのは、あまりに酷いじゃないか」

「いいえ。成功術はあるわ。もちろん百パーセントじゃない。普通にやって、成功確率〇・一パーセントのところ、数パーセント程度には引き上げられる方法がね」

全員が身を乗り出した。

「それでも成功率は十パーセント以下なんですか?」教師が言った。「だとしたら、運が悪いと十回以上声を掛けなければなりませんが」

「当たり前じゃないの」

「十回もふられたら、精神的ダメージが相当あると思うのですが」

「そんなことで挫《くじ》けるんだったら、もうナンパは諦めて、普通に風俗に行くことね。どうする? みんな、出て言っていいのよ。受講料返金して貰う?」

結局誰も出て行かなかった。

礼都の言葉には説得力があった。

他の生徒たちには男性講師の話なんか聞いて無駄な時間を過ごしたという後悔の表情が

ありありと見て取れた。

　僕は男性講師ではなく、最初から礼都に当たって幸運だと思った。それになんとなく、僕への礼都の特別な視線も感じる。この予感が本物なのかどうかも確認したかったのだ。

「誰も出て行かないようだから、講義を始めるわね。……さて、あなたたちの間違いはナンパの成功の鍵は自分たち男の側にあると思っていること。これがそもそもの間違い。ナンパの成功不成功の決定権は女性の側にあるの」

　えっ？

　全員がきょとんとした。

　決定権は女性の側にある？　だとしたら、そもそもナンパ教室の意味は？

「だから、立ち居振る舞いや会話の練習をしてもあまり意味がないの。もちろん少しは効果があるかもしれないけど、あくまでそれは女性があんたたちの話を聞こうと思ったという前提の下《もと》ね。あんたたちを拒否しようと思った時点で、もう立ち居振る舞いも会話も全く意味なしよ」

「それはつまり」サラリーマンが言った。「この講義に意味はないってことですか？」

「そんなことは言ってないわ。これから大事なことを言うからよく聞いて」礼都は続けた。

「成功するかどうかは女性の気持ち次第。女性がナンパされたくないと思えば、ほぼ百パーセントナンパは成功しない。逆に女性がナンパされたいと思ったら、ほぼ百パーセント成功するのよ」

「どうすれば、女性をその気にさせられるんですか？」

「だから、そんなことはできないのよ」

「だったら、やっぱり無理じゃないですか」

「その気のない女性をその気にさせることは不可能に近い。これは事実よ。だったら、最初からその気のある女性に声を掛ければいいのよ」

受講生は静まり返った。そして、全員の口から感嘆の声が漏れた。

なるほど、そこには気付かなかった。

「でも、ナンパされたい女って、どうやって見分ければいいんだよ？」ホストが言った。

「本性をかくしてるかもしれないし」

「ええと、向こうがナンパされたいと思ってるんだから、あえて見分けにくくしている訳ないでしょ」礼都が馬鹿にしたように言った。「向こうは一目でわかるように工夫してるのよ」

「たとえばどんな？」

「隙のある格好と歩き方でわかるわ。ナンパで有名な場所をだらだらと歩いているケバい女はだいたいそうよ」

　全員がメモを取り始めた。

「ケバいって、どんな感じっすか？」チンピラの言葉が敬語になった。

「とにかくきらきらと目立つ格好をしてる。そして、露出が多い。同じところをぐるぐると、だらだら歩いている」

「そういう女を見付けたら、どうやって声を掛ければいいんすか？」

　礼都は時計を見た。「もう時間ね。今日はここまで」

「えっ。まだ三十分経ってないっすよ」

「時間は関係ない。きりがいいところで、やめるのよ」

「そんな、こっちは金払ってるのに……」

「文句があるなら、もう来なくていいのよ」礼都が睨み付けると、チンピラは俯いた。彼女の眼力《めぢから》に屈服したらしい。

　凄い。彼女は素晴らしい。

　僕は礼都にすっかり魅せられてしまった。

「じゃあ、次回は来週ね」そういうと礼都はちらりと僕の方を見て、ゆっくりと部屋から出て行った。

さて、今のをどう解釈すべきか？

礼都はナンパされたい女性を狙えと言った。そして、彼女は僕に興味があるとも言った。

そして、何度も目が合った。

つまり、すべては僕に対するサインではないだろうか？　いきなり、あんな大人の女性に声を掛けるのは気が引けるが、それもまた練習だと思えば、なんとかできそうな気がする。

大人たちは礼都の言葉に衝撃を受けたのか、呆然自失《ぼうぜんじしつ》状態だ。

僕は教室を抜け出し、礼都の後を追った。

礼都は受付のところで、何かの書類を書いていた。

係の人間と少し押し問答のようなやり取りがあったが、結局礼都が勝ったようで、そのまますたすたと建物を出ていく。

僕は慌てて後を追う。

ナンパしようと後先考えずについては来たが、実際にどう声を掛けていいか、皆目見当が付かなかった。それはそうだ。声の掛け方はきっと次回以降の講義で習うはずだったのだろう。そもそも他の受講生の様子を見る限り、決まったスケジュールに沿って講義が行われている訳ではないらしい。どこが始まりでどこが終わりという訳でもなく、ただいろいろなテーマの講義が行われているようだ。

とりあえず、僕は礼都に気付かれないように十メートル程の距離を取りながら、後を尾《つ》けた。

礼都は結構足が早く、しかも雑踏の中を縫うように擦《す》り抜けていくので、後を追うのは結構手間取った。

そうして、十五分程経ち、僕もばて始めた頃、突然礼都は立ち止まった。

「それだとナンパじゃなくて、ストーカーだわ」礼都は大きな声で言った。

誰に言ってるのだろう？

僕は礼都が話した相手をきょろきょろと探した。

「いや。わたしが話してるのあんただから」礼都は振り返った。

「わっ！」僕はそのまま仰《の》け反《ぞ》って、ひっくり返りそうになった。

礼都はつかつかと僕に近付いてきた。

「い、いつから気付いてたんですか？」

「最初からよ」

「最初って？」

「あんたが教室を出たときからよ」

「ずっと気付かないふりを?」

「気付いていることをわからそうと思って、速足で歩いてたのに、あんた必死でついてくるばかりだから、はっきりと口頭《こうとう》で言うわね」

「はい」

礼都は顔を近付けてきた。大人の女の人の顔をこんな近くで見たことがなかったので、ちょっとどきどきした。

「気持ち悪いからついてこないで」

「へっ?」

「簡単な日本語よ。わかるわよね?」

「わかります。でも、どうしてそんなことを言うんですか? ひょっとして、嫌よ嫌よも好きのうちという高度なテクニックですか?」

「そんなややこしいテクニック使う人はまずいないから」礼都は断言した。「現状、あんたはただのストーカーだから」

「誘ったのはそっちじゃないですか」

「わたしがあんたを誘った?」

「はい」

「ふむ」礼都は考え込んだ。「ああなるほどね」

「何かわかったんですか？」

「あんたの思考過程を辿ったの。勘違いの原因はわかったわ」

「勘違いなんですか？」

「あのね、『向こうが誘ってきた』とか、『誘われたがっているのがわかった』とか、典型的なストーカー気質の言い草だから」

「でも、さっき先生は誘われたがっている女をナンパしろって」

「ナンパしろとは言ってないわ。誘われたがっている女性をナンパすれば成功率が上がると言ったのよ。でも、あんたには当て嵌まらない。ストーカー気質の男がナンパなんかしたら碌《ろく》なことにならないわ」

「じゃあ、もう僕にはナンパは無理なんですね」

「女性と付き合いたいなら、ナンパ以外の手もあるでしょ」

「浪人生じゃ難しいんですよ。仕事もしてないのに、婚活パーティーとか出にくいし、かと言って、合コンに誘ってくれる友達もいない。もし万が一誘って貰ったとしても、女の子とどんな話をしたらいいかわからないんです」

「どんな話って、普通の世間話とかでいいのよ」

「天気の話ですか？」

「……まあ、天気の話でもいいけど、もっと広がりそうな話がいいわね。例えば子供のときに好きだったテレビ番組とか」

「子供の頃、家にテレビとかなかったんですよ」

「ああ。そうだったんだ」礼都は少し戸惑ったようだ。「中学のときでも高校のときでもいいけど、恋は全くしなかったの？」

「まあ、好きな子はいましたけど」

「アタックはしなかったの？」

「ええ。手紙とか書くの苦手なもんで。向こうの家族に見付かるかもしれないし」

「手紙じゃなくて、電話でいいじゃない」

「でも……」

「まさか、あんたのうち電話もなかったとか？」

「電話はありました。ただ、向こうの家にはなかったと思います」

礼都は溜め息を吐いた。

「ああ。僕はもう一生恋愛できないんだ」僕は絶望的な気分になった。

「いや。そう決め付けるのは早いわ」

「えっ？」

礼都は僕の顔をじっと見詰めた。

僕は恥ずかしくなって、俯いてしまった。

「あんた、わたしをナンパしようとしたってことは、つまりわたしのことを気に入ったということよね」

「はい。まあ、一目惚れだと思います」僕は俯いたまま言った。

下を向いているのでよくは見えないが、どうやら礼都はまた僕の顔をじっと見詰めているようだった。

「もちろん、付き合うのは無理よ」礼都は言った。

「わかってます」僕はがっかりして言った。

「でも、一緒に街を歩くとかは別に構わないわ」

「そうですね。諦めま……」

今、何て言った？

「今、僕と一緒に街を歩いてもいいって言いましたよね？」

「言ったわ」

「それって、つまりデートってことですよね」

「デートではないわ。男女が一緒に歩くにはデート以外にいろいろな理由があるから」

「でも、見た感じでは区別は付かないですよね？」

「ええ。見た感じではね」

「じゃあ、デートになる条件って何ですか？」

「双方が『これはデートだ』と認識することよ」

「じゃあ、僕がそう認識すれば、もうデートですね」

「双方が、よ。わたしがデートでないと思ったら、デートじゃない」

「でも、人の心の中なんかわからないじゃないですか」

「ええ。でも、勝手に決めつけては駄目なの」

「だけど、僕の心の中だけで、デートだと思うのはOKですよね？」

「OKだけど、それを相手の前で公言するのはNGよ」

「……じゃあ、今回デートはなしですか？」僕はがっかりした。

「デートはなしね」礼都は無表情のまま言った。「だけど、一緒に歩くのはOKよ」

これは何の駆け引きなんだ？

僕は少し混乱した。デートはできないけど、一緒に歩くのはOKで、じゃあデートじゃないかというと、デートは拒否で、でも一緒に歩くのは構わないと言うのだ。ひょっとすると、これはナンパ講座の課外授業で、僕に微妙な女心を読み取る訓練を施そうとしているのか？　その場合、どう対応するのが正しいんだろ？

いや。もうこれは正しいも間違っているもないのかもしれない。実戦で学ぶんだから、間違ったって構わないはずだ。間違ったら、先生がそれとなく正しい方向に修正してくれるはずだ。そう。ここはもうお姉さんのリードに任せるしかない。

「わかりました。そういうことですね」僕は目を輝かせた。

「どういうことだと思ってるのかは知らないけど、たぶんあなたは間違った認識に陥っている。でも、まあ今のところ、その間違いは大きな問題にはならないわね。さあ、行きましょう」礼都は歩き出した。

「あっ、ちょっと待ってください」僕は慌てて後を追った。「手を組みますか？」

「組まない」

「肩に手を回しましょうか？」

「キモいからやめて」

礼都はあくまでもつっけんどんな物言いを貫いた。そういう設定なのだろう。ツンデレというやつかな？

「どこか、喫茶店でも入りますか？」

「いいえ。歩くだけでいい」

「まさか、本当に歩くだけなんですか？」

「そんな訳はないわ。一緒に歩くのは、話を聞くためよ」

「何の話ですか？」

「あんたの話に決まってるじゃない」

「僕の話？」

「あんたとは付き合いたいとは思わないけど、あんた自身には興味がある」

「僕に興味があるんですね」僕は恥ずかしさを我慢して尋ねた。

「ええ、そうよ。わたしはあんたに興味があるの」礼都は僕の顔を真っ直ぐ見て言った。

ああ……。時よ止まれ。おまえは美しい。

「い……いったい、僕のどこに魅かれるんですか？」

「魅かれてはない。興味があるだけよ」

「まあ、そういうことでいいです」

「質問してもいい？」

「モチのロンです」

「あんた、浪人生だと言ったわね。予備校には通ってるの？」礼都は不機嫌そうな表情を変えなかった。

　僕は首を振った。「ああいうところには行きません」

「どうして？」

「勉強って、結局は一人の戦いじゃないですか。戦場――つまり試験場では誰の助けも借りられないんです。だから、形だけ群れても仕方がないんです」

「まるで、あんたが何かまともなことを言っているような気がするわ。勉強方法はどんなの？」

「興味があるんですか？」

「ええ」

「僕のことだから？」

　礼都は一瞬言葉に詰まったようだった。「そうよ。非常に語弊《ごへい》のある答え方だけど、実際その通りだわ」

　僕は勝ち誇ったような気分になった。

　やっぱり礼都は僕に興味があって、僕のすべてが知りたいんだ。

「特にこれと言った勉強法はないんです」

「家庭教師とかが付いていたの？」

「そんなものはいませんでした。うちの両親の方針で……」

「両親の方針というのは？」

「子供の自主性に任せるということです。子供に、『勉強しろ』なんていうのは最悪の接し方だということを理解していましたから」

「じゃあ、子供に勉強させたいときは何を言えばいいの？」

「何も言いません」

「じゃあ、子供はいつまで経っても勉強しないんじゃない？」

「それが違うんですよ。一流大学の合格者にアンケートをとると、殆どの人は親に『勉強しろ』と言われたことがないって言うんです。どういうことかわかりますか？」

「ええ。もちろん。でも、あんたの答えを聞いてみたいわ」

「『勉強しろ』と強制されないことによって、逆に勉強への意欲が湧いてくるんです。ところが世の親たちは勉強を強制することで、子供たちの意欲を削《そ》いでしまっているんです。うちの両親はこのことに早くから気付いていました」

「つまり、あんたの両親はあんたに『勉強しろ』と言ったことがないのね？」

「ええ。それが勉学への意欲を付けさせることになりますからね」

「そして、あんたは浪人中にも拘わらずナンパ教室に通っている訳ね」

「……まあ、そこだけ抜き出すと、おかしなことになりますが、全体の文脈で考えると、ちゃんと筋は通っている訳です」

「どういう筋？」

「それを説明するとちょっと長くなるんですが……」

「いいわよ」

「その間、ずっと歩き続けるんですか？」

「そうね。ここからあんたの家《うち》まで遠い？」

「まあ、遠いと言えば遠いです。二駅分ぐらいですから」

「だったら、歩いて行けない距離じゃないわね」

「まあ、歩けなくはないですね」

「では、あんたの家に向かうわ」

「ぼ、僕の家ですか？」

「何？　どうせ家に帰るんでしょ？」

「それはそうですが、何のために？」

「それについては、あんたの話を聞いてから答えるわ。どうするの？　あんたの家に行くか、今日はこのまま別れるか」

「その場合、次はいつ会えるんですか？」

礼都は首を振った。「次はない」

つまり、礼都はどうしても今日僕の家に行きたいということだ。

「わかりました。僕の家に行きましょう。こっちです」

僕は家に向かって方向を変えた。

礼都は無言でついて来る。

おお。手を繋がなくても、なんか恋人っぽい雰囲気が醸《かも》し出されているな。

「さあ、さっさと文脈とやらを話して」礼都が急《せ》かした。

「ああ。そうでした。僕は子供の頃から、どちらかというと計画的な子供だったんです。どうせ一生を過ごすのなら、成功する人生を歩みたいと思った訳です」

「たいていの人間はそう思うわ」

「で、成功の鍵は何かというと、ずばり学歴だと気付いたんです」

「最近は、能力主義の企業が増えているって聞くけど？」

「人の能力ってどうやって計るんですか？　ちょっと面接したぐらいで、その人の真の能力がわかりますか？　わかるのはせいぜいコミュニケーション能力ぐらいなものです。では、ペーパーテストを使う？　一回のテストだとたまたま体調が悪い場合もあるし、逆にまぐれで高得点がとれてしまうこともある。そういうふうに考えると、結局学歴で判断するのが一番確実だということになります」

「大学入試だって、まぐれはあるわよ」

「まぐれで東大に入っても、卒業にまでは至らないでしょう」

「まあ、東大ならそうかもね。でも、あんたが今言った考えは経営者側の話よね？」

「まともな経営者ならそう考えるだろうということです。だから、僕は東大の文一と理三を目指すことにしました。ここが日本の最高峰ですから」

「世界には目を向けないんだ」

「日本で働くなら、日本の大学で充分ですからね」

「弁護士や医師になれば、勤めるんじゃなくて、開業もできるんじゃないの？」

「まあ、それもいいですが、資金的に考えてもまずはどこかに勤めるのが現実的です」

「なるほど、辻褄《つじつま》は合っている訳ね」

「小学生のとき、僕はこの計画を両親に話しました」

「小学生なら、微笑ましいかもしれないわね」

「両親は大喜びしてくれました。僕も両親に認められて、すっかり安心しました。小学生にして、人生設計は完璧なのだから、もう問題は何もない、と」

「小学生のときなら、いいと思うわ。問題はいつ気付くかよね」

「他の生徒たちは、あくせく勉強したり、サボったりを繰り返していましたが、僕にはそんなことは起こりませんでした。なにしろ、完璧な計画があるのですから、何も焦らなくてもいいのです」

「小学生の話はいいわ。中学生のときはどうしていたの？」

「計画ができていたので、何も焦りませんでした。その様子を見て、両親も口を出すことはありませんでした」

「勉強はしたの？」

「それはまだ気にしていませんでした」

「どうして？　東大受験するつもりだったんでしょ？」

僕は笑った。

礼都はしっかりしているようで、抜けているところもあるんだな。でも、そこが可愛らしい。

「大学受験は十八歳でするものですよ。十代前半から全力を出したりしたら息切れしてしまうじゃないですか」

「勉学は積み重ねじゃないの？」

「それは全力でやろうとしてないからです。僕が全力を出すときは、本当に全エネルギーを投入するときです。もう凄まじい勢いが出ますから、時間は掛からないのです。その代わり、そんな状態を何年も続けることは不可能ですから、中学生の頃は力を温存することに努めました」

「親は何て言った？」

「何も。さっきも言ったように、勉強を強制しても何も生み出さないと理解していましたから」

「素晴らしいご両親ね。高校受験はどうしたの？」

「高校受験って、無駄な努力ですからね」

「大学受験に高校は重要じゃないの？」

「いや。高校なんか行かなくても、大学受験はできるんですよ」

「ああ。知ってるわ。認定試験を受ければいいのよね」礼都はなぜか少し呆れたような口調で言った。「昔、大検っていってたやつ。通ったの？」

「僕は効率面を考えたんです」

「通ったのかと聞いてるのよ」

「認定試験と大学入試は学習すべき範囲が被ってるのです」

「それは当然よね」

「だとしたら、それは一気に勉強するのが効率的だとは思いませんか？」

「『一気』って、どのぐらいの期間を想定してるの？　三年ぐらい？」

「だから、さっきもいったように僕は全力で勉強しようとしているのです。全力を出せる期間はせいぜい二、三か月でしょう」

「それが短いのか、長いのか、俄《にわ》かに判断できないわ」

「大学受験資格をとってから間を置いて、また東大受験をするのは、非効率的です。だから、僕は東大入試直前のタイミングで大学受験資格をとるつもりなのです」

「つまり、まだ認定試験は受験していないのね」

「結果的にそういうことになりますが、すべて計画通りなので、問題はないのです」

「あんたの両親は『早く受けろ』とは言わないの？」

「ええ。『早く受けろ』ということはつまり『勉強しろ』ということであり、強制になりますからね。そんなことをしては、真の勉強にはなりません」

「ええと、今まで受ける気にはならなかったの？」

「もちろん、受ける気はありましたよ」

「でも、今まで一回も受けてないのよね？」

「だって、受けるからにはベストの状態で受けたいじゃないですか。その後で東大も受験する訳ですし。で、まあ申込時期に自問自答する訳です。『今年はいけそうか？』って」

「つまり、学習の進み具合で決める訳？」

「進み具合というか、気力の充実具合です」

「勉強はしてないの？」

「まあ、広い意味ではしてますけどね」

「広い意味って？」

「自分と向き合うってことです。自分の心の中を見詰め、自問するんです。『僕の気力は東大受験をするに足るほど充実しているか』って」

「そして、毎年同じ答えが出る訳ね」

「『まだだ。まだ、そのときじゃない』でも、今までがたまたまそうだっただけです。たぶん、来年ぐらいにはそのときが来ると思いますよ」

「それは何か根拠があるの？」

「根拠というか、自分のことだからわかるんですよ。そろそろかなって」

「両親はずっと黙っているの？」

「黙っているというか、無言で応援しているというか……」

「応援？　どんなふうな応援？」

「まあ、金銭的な支援ですよ。浪人中は稼げない訳ですから」

「何も言わずに？　あんた、立派な大人なのに？」

「そりゃ、まあいろいろ言いますよ」

「どんなことを？」

僕は気分が悪くなってきた。

「頑張れよ、とか。今年は合格しそうな気がするとか」

「両親は何の仕事をしてるの？」

「仕事？」

「あなたに渡しているお金はどうやって稼いでいるの？　ナンパ教室に通うお金は？」

「それは……」僕は冷や汗が出てきた。「両親はもう働いていないので……。そうだ。年金ですよ。年金を掛けてくれていたから……」

「それは両親のためのものでしょ？　あなたのお金じゃない」

「いや。これは両親の意思だ。僕の受験のために使いたいと言った」

「いつ言ったの？」

いつ？　そういえば、いつだ？　わかった。それはきっと今日だ。今日言ったに違いない。

「お母さんは今日言った。それはあんたの勉強のためのお金だから、好きに使いなさいって」

「勉強？　ナンパが勉強？」

違う。そうじゃない。

「勉強の息抜きに使ってもいい。そう言っていた」

「お母さんが？」

「お父さんもだ。そうだ。お父さんが言ってた。男の子はときに女の子と遊ぶことも必要だって」

「今日、言ったのね」

いつかはわからない。でも、きっと今日だ。今日言ったんだ。だって、お父さんは今日も生きているから。

「今日だ。今日の朝だ」

「あなたがナンパ教室に出掛ける前？」

僕は頷いた。「もちろん。そうだ。今日だとしたら、そのときにしか機会がない」

「辻褄を合わせていくのね」礼都は微笑んだ。

彼女の冷笑でない微笑みを見るのは初めてだ。

「最初から合っているんだよ」

「わたしね」礼都ははにかんだように言った。「あんたの両親に会ってみたいわ」

何だって、両親に会わせろ、だって？　どういうことだろう。二人は今日会ったばかりなのに。女性を家に連れて帰ったりしたら、両親はきっと誤解してしまうだろう。……そうか。そういうことなのか？　両親に会いたい、というのは、あなたと結婚したいという婉曲《えんきよく》な表現なのか？　礼都は捻《ひね》くれているように見えて実は純真な恥ずかしがり屋なのかもしれない。そう思うと今までの彼女のすべての言動に説明が付く。

「僕の両親に会いたいんだね」僕は優しく礼都に語り掛けた。

「ええ」

もはや礼都には先ほどまでの刺々《とげとげ》しい気配はない。

僕は勝利を確信した。

「では、そういう人だと両親に紹介するよ。いいね？」

礼都は黙ってこくりと頷いた。

ああ。なんて可愛いんだ。

僕はそっと礼都の肩を抱き、家路を急いだ。

ほどなく、僕の家が見えてきた。

「ご覧、あれが僕たちの家だよ」

礼都は顔を上げた。「築七十年ってとこかしら？」

何を言ってるんだ？　いくらなんでもそんなに古いはずは……。

礼都は自分の肩から僕の手を払った。「気持ち悪いからやめてくれる？」

「何を言ってるんだ？　これから僕たちの新生活が始まるというのに」

「はっきりと言ったはずよ。あんたとは絶対に付き合えない」

「じゃあ。なぜさっきはOKしたんだ？」

「わたしは何もOKしていない」礼都は玄関の方へと向かった。「何をしてるの？　鍵を開けて」

「言っていることがころころ変わる。自分でも矛盾しているとは思わないのか？」

「全然。さあ、早く鍵を開けて」

僕は鍵を取り出した。だが、なぜか手が震え出した。

礼都の言うことを聞いてはいけない。何か悪いことが起きる。

そんな予感がした。

「今日はやめにしないか？」僕は礼都に提案した。

「駄目よ。今日、決着を付けるわ」

「焦ることはない。両親は決して逃げたりしない」

「そうね。あんたの両親は決して逃げないでしょう。だけど、後回しにするのはもうなしよ。あんたは何もかも後回しにしてきた。あなたの人生はすべて後回し。資格認定試験も、大学入学試験も、大人になることも、役所の手続きも。だけど、あんたの中の何かが『これはおかしい』と叫び出した。『先に進まないといけない。子供のままではいられない』と。確かに、ナンパを始めようというのは、捩れた欲望の発露だったのかもしれない。だけど、それは今までとは違う世界への一歩だった」

「違う。僕は何も今の生活を変えようとした訳じゃない」

「でも、あんたの無意識はそれを望んでいた。さあ、鍵を開けて」

僕は鍵を開けたくなかった。だが、礼都の声に逆らうことはできなかった。それはとても強力な呪文のように思えた。

僕は鍵を取り出し、玄関の扉を開けた。

部屋の中の空気が溢れ出す。

礼都は顔を顰めた。「何、この臭い?」

臭い？　そう言えば、臭いがするかもしれない。だが、そんなに不快だろうか？　これはうちの家族のにおい、僕が愛する、そして僕を愛する両親のにおいだ。

家の中は薄暗かった。両親は強い光を嫌う。だから、雨戸はいつも閉めっ放しだ。

僕は家の中へと入った。

礼都も鼻を押さえながら、家の中に入った。

「電気点けていい？」礼都は尋ねた。

「駄目だ」

「どうして？」

「明るい光は駄目なんだ」

「今、あんた、外を歩いてたわ」

「僕じゃない。両親だ」

「ふうん」礼都はポケットからスマホを取り出し、それを懐中電灯代わりにした。

「光は……」

「あんたの両親に当てなければいいんでしょ？」

礼都が両親に光を当てないという保証はない。だが、僕はまたもや強く拒否することができなかった。

僕は靴を脱ぎ、廊下に上がった。

礼都は廊下を照らした。「ここ、いつから掃除してないの？」

「さあ、僕は知らない。両親がしてくれているはずだ」

「あんたが掃除したのはいつ？」

「覚えてない」僕は肩を竦めた。

「この床中に散らばっているごみみたいなものはごみなの？　それとも、ごみ以外の何か？」

「悪いけど、わからない。両親のものだと思う？」

「本当？　確かめてみた？」

「確かめていない。そんな必要はないから」

「ええと、靴のまま上がっていい？」

「ここは家の中だ」

「靴下が汚れるのが嫌なの」

「その……両親に聞かないと……」

「構わない。わたしが直接許可をとるから」礼都は靴のままずかずかと廊下に上がってきた。

僕は一瞬抗議しようかと思ったが、なんだかどうでもいいような気がしてきた。きっと両親がなんとかしてくれる。

そんな気がした。

礼都は家の中をあちらこちら照らした。

「随分傷んでる。床も壁も天井もあちこち腐ってぼろぼろじゃない」

「そうかな？　僕にはそう見えないけど……」

「そう？　まあ、そんなことはどうでもいいわ。さあ、両親のところに案内して」

そうだ。僕は礼都を両親に紹介するのだ。僕の美しい花嫁を。

「両親は二階で寝ている。階段はこっちだ」僕は階段へと向かい、上り始めた。

礼都はハイヒールのままかつかつと大きな音を立ててついてくる。

少しだけ嫌な気分になったが、両親に美しい花嫁を紹介できると思うと、すぐに気にならなくなった。

「お父さん、お母さん、今日はお客さんを連れてきたよ」僕は両親の部屋の前で言った。

あら。珍しいわね。母が言った。

友達かい？　父が尋ねた。

「まあ、友達というか、出会ったばかりなんだけど……」

ひょっとして、女の子？

「そうだよ。よくわかったね」

お母さん、そういう勘はよく働くのよ。

おまえが彼女を家に連れてくるとはな。

「いや。まだ彼女って訳じゃ……」

家にまでやって来るってことは、つまりもう結婚を考えてるってことだろ?

「嫌だな、お父さん。そんなことを言ったら、彼女が嫌がるじゃないか」

「お話中、悪いけど」礼都が言った。「今、ご両親とわたしについて話しているのね?」

「聞いての通りだけど」

「そこ端折《はしよ》ってくれる?」

「端折るって?」

「ここで時間かけるのはあまり意味がないと思って」

「君のことを説明して何が悪いんだ?」

「なんだか、言葉遣いが馴れ馴れしいけど、まあいいわ。もう少しで終わるから」

「終わる? 何のことだ?」

「この部屋のドアを開けて」

「ここは両親の部屋だ」

「ドアを開けないと挨拶できないわ」

「その……ここは開けられないんだ……」

「どうして？　そんなことおかしいじゃない」

「だって……」

だって、何だ？　……そうだ！

「両親は寝たきりなんだ」

「初めて聞いたわ」

「なぜか今まで忘れてたんだ」

「いつから、寝たきりなの？」

「いつから……」

そうだ。確かあれは……。

「五浪目の夏だったか……」

まず母が寝たきりになった。母を看病しているうちに父も……。

「随分昔ね」

「そんな昔じゃない」

「それから会ってないの？」

「どういうことだ？」

「それからずっと、この部屋に閉じ籠もってるんでしょ？　二人だけで」

「それは……仕方がない。僕は受験生だから、二人の面倒なんかみられない」

「だから、ほったらかしにしたのね」

「ほったらかしじゃない。二人なんだから、寂しくなんかない」

「ねえ」礼都は僕の耳元で言った。「二人に会わせて」

「ああう……ああう……ああう……」、僕の口から不思議な言葉が漏れた。なんとかして、
礼都の誘惑を拒否しなければならないと思ったのだ。だが、彼女の魅力には抗《あらが》えない。

「お父さん、お母さん、ごめん」僕はドアを開けた。

光が部屋の中に射し込んだ。

「両親に光を当てるな、と言っただろ！」僕は頭に血が上った。

礼都は僕の言葉など気にしなかった。じっと両親の姿を見詰めていた。

二人は布団の上で仲良く真っ黒な姿を曝《さら》していた。

だめじゃないか。お父さんたちのことは秘密にしろって言っただろ。

「お父さん、ごめん。だけど、僕、どうしてもこの人に逆えなかったんだ」

なんて性悪の女かしら。わたしたちが望んでして貰ったことだから、あなたは何も悪く

ないのに。

　そうだ。わたしたちのことを秘密にしておかないと、年金が止められてしまう。年金がないと、おまえは安心して勉強できないから。

「僕、ちゃんと言われたように役所の人たちは追い返して来たよ。だけど、礼都さんは……」

「それで、あんた勉強はいつ始めるの？」礼都が尋ねた。

「それは僕が決めることだ。勉強を強制しないのは、両親の方針なんだ」

「だから、いつなの？」

「もうすぐだ。僕だって、そうそうゆっくりはしていられないことには気付いている」

「気付いていても実行しなければ、気付かないも同然よ。ねえ、あんた、もう一つ大事なことに気付いている？」

「何のことだ？」

「あなた自分の齢、わかっている？」

「齢？　齢なんか勉強には関係ない。だから、僕は自分の齢を数えないんだ」

そうだ。勉強に齢は関係ない。

いくつになっても、勉強は始められるわ。

「もしちゃんと年金を納めていたら、あんたはずっと前から年金を貰える齢になつているのよ」礼都は電話を取り出し、通話を始めた。「ええ。年金の不正受給を見付けました。後、死体遺棄もです」

失礼な女ね。人のことを死体だなんて。

全くだ。おまえはこんな女なんかに関わらずに、勉学に励めばいいんだ。……おっと、勉強しろというのは禁句だったな。

そうよ、お父さん気を付けて。

母は笑った。父も笑った。そして、僕も笑った。

いつもの愉快な家族団欒《だんらん》だった。

礼都だけが笑っていなかった。

鶯《うぐいす》嬢

出陣式が終わった。これから選挙カーで、選挙区内を回るのだ。

ああ。面倒だな。

わたしは心底そう思った。こういう気を使う仕事は大嫌いなのだ。しかし、食っていくためには、仕方がない。わたしはにこやかに車内に乗り込んだ。

「礼都ちゃん、いつも朗らかで気持ちいいね」選挙事務局長の山代《やましろ》が言った。

なぜ名前で呼ぶ？

わたしは山代を睨み付けるのをなんとか我慢した。

「名前で呼ばれるのは違和感があるので、『新藤』と呼んで」

「そうかな？　下の名前で呼んだ方が親しみが湧くと思うけどな。あんたもそう思うだろ、川里《かわざと》？　いや、川里市会議員候補」

だったら、そこも下の名前で敏於《としおみ》だろ。男女で差を付けるなよ。

「どうかな？　そういうのって、なかなか難しい問題だと思うんだよな」声にも自信のなさが表れている。「女子だけ、ちゃん付けっていうのは、問題視する有権者もいるかもしれないし……」

「気にしすぎだって。そんなこと言ってたら、そもそも『鶯嬢』なんて、呼び方自体が馬鹿にしてる感じだし」

「有権者の前で、アナウンサーを『鶯嬢』なんて呼んだりしないだろ」

「そう言えば、そうかな。でも、男の鶯嬢は滅多にいないからな。その場合、なんて言うんだ？　鶯ボーイ？　なんだか、お菓子の名前みたいだ」山代は自分の冗談にげらげらと笑った。

「男の場合は烏《からす》っていうらしいわよ。まあ、滅多にいないけど」

「男の声は聞いてて不愉快だからな。その点、礼都ちゃんの声は綺麗でいい」

こいつ、まだ続ける気か？　一言、文句を言ってやろうか？

「あっ？」

「どうした、川里？」山代は運転席に乗り込んだ。

選挙事務局長が運転手を兼ねているのだ。

「これ、誰の荷物だ？」

「こ、この紙袋か？」山代は少し焦ったように言った。

こいつ、馬鹿みたい。

「それは……わたしに……」

「新藤さんの？」

「そ、そうだ。新藤さんの紙袋だ」

「選挙グッズか何かかい？　あっ……」

「か、勝手に中を見るなよ」

「鉢巻か何かかと思ったんだ。でも、これは……」

「ブランドもののハンドバッグよ」

「なんでこんなものを？」

「さあ」

　わたしはちらりと山代の顔色を窺った。

「き、きっとあれだろ。ついうっかり持ってきちまったんだろ。う、鶯嬢が高級バッグを持っているのが有権者に見られたりしたらあれだから、紙袋に隠したんだよな」

　本物らしいが、正規の店で買った新品じゃない。ただ、中古でも結構値は張るはずだ。

　山代は必死で目配せしている。

　本当に情けないやつだ。鶯嬢にバッグを渡して口説こうとしていることが候補者にばれたらまずいと思ってるんだろうか？　候補者というより有権者か？　まあ、まずいのかもしれないが、候補者が鶯嬢を口説いた訳じゃないので、たいしたことはないような気がする。

でも、まあ面白そうなので、本当のところを言ってやろうか？

「このバッグだけど、実は山代さんが……」

「そうだよ。俺はなかなかセンスがいいって言ったんだよ」山代はあくまで、空惚《そらとぼ》けるつもりのようだ。「おまえもそう思うだろ、川里？」

「ああ。山代君の言った通り、なかなかのセンスだ」

嘘だとわかってるのに、ついつい相手の言葉に会わせて相槌を打っている。政治家には全然向いていないタイプだ。いや。ある種の人々には都合のいい政治家になれるかもしれない。

「さあ、出発だ！」山代が堂々と宣言した。

こいつの方がむしろ議員に向いているかもしれない。人間的には屑《くず》だが。

たいていの選挙事務所では鶯嬢は二名雇うらしい。一人がアナウンスしている間に、もう一人が周囲の様子を確認し、指示を出すのだ。その指示を受けて、アナウンス担当が中身にアレンジを加える。

「お子様連れのお母様、声援ありがとうございます」

「出勤途中の皆様、ご苦労様です」

「商店街の店主の皆様、ご声援ありがとうございます」

といった感じだ。一定期間ごとに立場を変えてこれを繰り返す。しかし、この事務所には資金的余裕は全くない。だから、周囲の様子の確認はわたし自身がすることになる。

十分も経つと結構疲れてきた。

ちょうど具合よく、人通りもなくなったので、少し休憩ができ、雑談が始まった。

「新藤さん、政治に関心あるの？」

「特にないわ。わたしは単にお金目当てでやってるだけよ」

「ああ。いろんなバイトをやってきたって言ってたよね。そういうの羨ましいよ」

「フリーターが羨ましい？　あんた、政治が好きでやってるんじゃないの？　世のためになろうと思ってるんでしょ？」

「初めはそのつもりだったんだけど、実際に足を突っ込んでしまうと、問題ばかりで……。新藤さんみたいにバイトをするのもいいなって。できれば立場を入れ替えたい」

「わたしはわたしで大変なんだけど。そもそも一人で鶯嬢をするなんて聞いてなかった」

「新藤さん、鶯嬢、一人で大変だよね。申し訳ない」

「でもまあ、それは給料で応えてくれればいいわ」

「いや。鶯嬢の人件費は公費からは出ないので……」

「予算にはある程度、余裕があるんでしょ」

「いや。うちは貧乏なんで、なかなか……」

「じゃあ、山代さんに出して貰えばいいんじゃない？」

「山代君が？　山代君だって、そんな余裕は……」

「いえ。あるはずよ。だって、そのバッグは……」

「礼都ちゃん！」突然、山代が大声で呼びかけてきた。

「何？」

「窓の調子見てくれないか？　なんだか、開閉がうまくいかないようなんだ」

「こっちの窓は別に開ける必要ないじゃない。わたしは手を振らないんだから」

「いや。これ、レンタルで借りてるんで、もし壊れてるんなら、ちゃんと申告しておかないと、こっちのせいになってしまうんだ。ちょっと開け閉めして確認してくれないか？」

仕方がない。わたしは、身体を捩って、窓の開閉のスイッチを入れてみた。

少し窓が開いたと思った瞬間、大きな衝撃があった。

窓から大きな木の枝が突っ込んできた。

慌てて顔を背《そむ》けると、自分の顔が誰かの顔と凄まじい勢いでぶつかった。

世界がぐるぐると回った。今までの人生が走馬灯《そうまとう》のように蘇る。

コンビニ、発掘調査補助、保育士の手伝い、公園の剪定《せんてい》、犬の散歩代行、家庭教師、パチプロ、ユーチューバー、メイド、マルチ商法、ナンパ教室……。

最近やった屑のようなアルバイトの数々が思い出される。

バイトの思い出がぐるぐると頭の中を回転し続け、いつのまにかそれらは小さく微かになっていった。そして、その後には闇だけが残った。何も見えない真の闇だ。それなのに、不思議なことに闇それ自身がわたしの頭の中で回転を続けていた。闇は完全に漆黒《しっこく》で、何の光もないのにも拘わらず。

自分自身の身体も闇に溶けてなくなってしまったかのように思えた。自分の肉体の感覚というものが完全に消滅してしまっていた。

闇の回転は永久に続くかと思われた。ぐるぐるという回転は微かな雑音を伴っていた。それはやっと聞き取れるほどのものだったが、精神を集中すると、何か意味のあるものにも聞こえてきた。

川里敏於。

なぜか川里候補の名前が思い浮かんだ。そして、脳裡から離れなくなった。

どうして、この男の名を？

川里。川里。川里。おい、川里。川里。川里。川里。……

何？　いったいどうして？

「川里。川里。川里。しっかりしろ」山代がわたしの肩を揺すっていた。

選挙カーの中のようだが、上下が逆転している。そして、巨大な枝が車内を貫いた状態になっていた。

「何があったの？」わたしは山代に尋ねた。

「交通事故だ」

「どんな事故？」

「礼都ちゃんが窓を開けたとたん。木の枝が車内に突っ込んできたんだ。そのまま車体が枝に引っかかったまま、回転してひっくり返ったんだ」

「なんだか、わたしが悪いみたいな言い方ね。責任は運転手にあるんじゃないの？　そもそも、わたしは窓を開けろって言われたから開けたんだし」

「おい、大丈夫か？」山代が心配そうにわたしの顔を覗き込んだ。

わたしは手足を動かしてみた。多少、あちこちは痛むが動けないということはない。

「大丈夫みたい」

「でも、今、俺がおまえに窓を開けろって、言ったかのような物言いだったぞ」

「いや。確かにそう言ったわよ」

「俺が言ったのは、礼都ちゃ……新藤さんにだよ」

「だから、わたしが新藤……」わたしはすぐ隣に誰かが俯せに倒れているのに気付いた。

ああ。川里も乗ってたんだった。事故の衝撃で気を失ったのかもしれない。

わたしはその人物を仰向けにした。

それは新藤礼都だった。頭から血を流している。

「わあああああっ!!」わたしは絶叫した。

「どうしたんだ!?」山代が驚いたように言った。

「ここにわたしがいる」

「そりゃいるだろうさ」

「そうじゃなくて、幽体離脱的なことが起きているのよ」

山代は宙を見上げた。「今、この辺りにおまえの霊が漂ってるのか？」

「ここにいるわたしが見える？」わたしは自分の顔を指差した。

「もちろんだ」

「だとしたら、幽体離脱というよりドッペルゲンガーよ」

「ドッペルゲンガーっていうのは、自分とそっくりな人物に出会うとかいうやつか？」

「そうよ」

「どこにいる？」山代はきょろきょろと周囲を見回した。

「そこよ」わたしは新藤礼都に見えるものを指差した。

「えっ？」山代はあんぐりと口を開けた。

「そこにわたしがいるの、見えるでしょ？」

「ええと」山代はぽりぽりと頭を搔いた。「これが自分の顔に見えるのか？」

「ええ」

「大丈夫そうだけど、結構強く頭を打ったのかもな」山代は心配そうに言った。「この人が自分と同じ顔に見えてるとしたらだけど」

「じゃあ、これはわたしじゃないと？」

「全然違う」

「じゃあ、この人はいったい誰？」

「新藤礼都だ」

「えっ？　だったら、ちゃんと見えてるんじゃ……」言い掛けてわたしは重要なことに気付いた。

自分の身体《からだ》に触れてみた。強烈な違和感を感じた。

「じゃあ、わたしはいったい誰？」

「川里敏於だ。しっかりしろ」

激しい眩暈《めまい》を覚え、頭を押さえた。

「救急車を呼ぼうか？」山代が不安げに言った。

この眩暈は事故そのものとは関係がないように思うが、とりあえず救急車は呼んだ方がよさそうな気がした。

「ええ。呼んで頂戴」

だいたいここに一人意識不明で倒れているんだから、救急車を呼ばない方がどうかしている。

十分ほどで救急車は到着した。

「新藤礼都」の肉体はまだ意識不明だったが、わたしと山代は立って歩くことができた。だが、念の為、三人とも救急病院で検査することになった。

検査が終わると、わたしと山代は医者に呼び出されて説明を受けた。

「お二人は特に問題ありません。ただし、新藤さんはまだ意識を回復されていません」

ここで、わたしは本当のことを言おうかどうか、迷った。

実はわたしは新藤礼都ですが、なんらかの理由で川里敏於の肉体に閉じ込められてしまったんです。

そういうのは容易《たやす》い。だけど、それを言ったら、どうなるだろうか?

なるほど。それは大変だ。なんとか元の肉体に戻れる方法を一緒に探しましょう。

そうはならないような気がする。ひょっとするとよく似た言葉を発するかもしれないが、それは絶対に信じてくれた訳ではないだろう。単純に精神に変調を来したと思われるのが落ちだ。いや、たしかに精神に変調を来してはいるが、それは意味が違う。

本当のことを言ったとしても事態は改善しない。だとしたら、何も起こっていないふりをするのが一番だろう。

「新藤さんはどこかを怪我されたんでしょうか?」わたしは尋ねた。

「身体のあちこちに傷はありますが、意識を失う程の大きなものはないようです」医者は画面に映るデータを見ながら言った。「脳にも異常はありません」

「だったら、なぜ意識が戻らないんですか?」

「我々にもよくわからないですね。たぶんショック状態ではあるんでしょう。数時間経っても意識が戻らないようでしたら、精密検査を行うことになります」

「新藤礼都」の意識が戻らないのは、その精神がこちらの肉体に入ってしまったからだろうか？　それとも、「新藤礼都」の肉体で目覚めるのは、川里敏於の精神なのだろうか？　後者だとうんざりだ。

「わかりました。とりあえず、新藤さんはこのまま入院させていただくことになると思います」

「ええと、彼女はご家族はおられないということですが、とりあえずの連絡先はそちらでよろしいですか？」

「はい。それでお願いします」山代が言った。「後のことは警察と相談させていただきます」

　病院を出て、警察官と共に事故現場で、簡単な現場検証をした後、二人は選挙事務所に戻った。何か用があった訳ではなく、他に行く当てがなかったというのが本当のところだ。特にわたしは途方に暮れてしまっていた。

　このまましばらくすれば、元に戻るのか、それとも何か手を打たないと戻れないのか、あるいは一生このままなのか。

　あまりにも特異な事態なので、自分一人で解決できるような気はしなかった。誰か協力者が必要だろう。だが、わたしに友達はいない。知り合いは何人かいるが、親身になってくれそうな人物は一人もいなかった。もっともわたしだって誰かの親身になる気は全くなかったから、当然と言えば当然だ。

「大丈夫か？　さっきからぼうっとしてるぞ」山代が言った。「事故からこっち、ときどき言動が変になるが、後遺症が出てるんじゃないだろうな。選挙中にそんなことになったら致命的だぞ」

「ああ。ちょっと考え事をしてただけだ。心配しなくていい」わたしは川里を演じることにした。多少不自然になるかもしれないが、中身が変わってるなんて疑うやつはいないだろう。

「何を考えてたんだ？」

「……ええと。そうだ。新藤さんのことだ」

「この時期に事故はまずいよな」山代は苦々しく言った。

「事故はまずいよって、運転してたのは君だろ？」

「いや。自分でもまずいとは思ってるよ。でも、まあ起こってしまったものは仕方がない。対応策を考えるしかないな」

「対応策って何だよ？」

「思い切って公表するか、隠し通すかだ」

「隠すってどういうことだよ？」

「選挙カーが事故を起こしたってのは、縁起が悪い」

「縁起って……」

「いや。実際、有権者の考えることを想像してみろよ。交通事故を起こすような候補は他でも何か失敗をするんじゃないか。そう思うのが自然だ」

「いや。運転してたのは、君だから」

「誰が運転してたかなんて、あまり関係ない。印象として責任者はおまえだ」

「でも、実際に……」

「じゃあ、有権者一人一人に説明するか？　違うんです。わたしが悪いんじゃないんです。この山代という男が運転ミスをしたんですって」

「いや。そんなことをしたら、あまりに印象が悪いだろう。まるで、君に罪を擦り付けようとしているように見える」

「なっ？　隠すしかないじゃないか」

「でも、ばれたらどうするんだ？　隠してたのを知られたらさらに印象は悪くなるんじゃないか？　事故は往来で起こったんだから、目撃者も大勢いるだろう」

「そう。そこが問題だ。事故の目撃者は多少はいるだろう。だが、単に選挙カーが破損しただけなんだから、いちいち公表するまでもない。ばれたとしても、『はい。そうですよ。

「ちょっと待ってくれ。ただ、車が壊れたんじゃなくて……」

「新藤さんが意識不明になったのは、かなりまずい。人的被害が出てしまったとしたら、相当に印象は悪くなってしまう」

「でも、死んだ訳じゃないから……」

「これから死んだら、どうするんだ？」

「えっ？」

「死亡事故になると、本当にまずい」

「でも、現時点では、別に容体が悪い訳じゃない」

「何言ってるんだ？　一度発表してしまえば、もうなかったことにはできないんだ。発表の後、彼女が死んだらどうなるんだ？」

「でも、怪我人が出たことがばれたりしたら……」

「そこは賭けるんだよ」山代はにやりと笑った。

「賭ける？　でも、このご時世だ。隠し続けることなんか……」

「隠し続ける必要はない」

「どういうことだ？」

「隠すのは選挙の間だけでいいんだよ。当選さえしてしまえば、よほどのスキャンダルでも出ない限り辞める必要はない」

「でも、印象が悪いのは変わらないだろ?」

「だから、選挙が終わってからなら、ばれたって痛くも痒《かゆ》くもないんだよ。つい、うっかりしていて発表するのを忘れてたとか、なんでも適当な理由をでっち上げればいい」

「でも、次の選挙のときに……」

「次の選挙は四年後だ。こんな小さなスキャンダル。誰が覚えてる?　鶯嬢が死んだことは悲しいことだけど、それはそれ、これはこれで、割り切ればいいんだ」

「いや。まだ死んじゃいないよ」

山代は軽く舌打ちをした。「ああ。まだな」

その態度にわたしはむかっ腹が立った。「なんだか、死んで欲しいみたいな口ぶりだな」

山代は黙って、わたしを見た。

「どうした?　なぜ黙ってる?」わたしは不安を覚えた。

「仮定の話だけどな。新藤礼都が死なないと少しややこしいんだ」

「どうしてだ?　事故が起こったことは仕方がないにしても、死ぬよりは助かった方がいいに決まってるだろ」

「新藤礼都には家族はいない」

「ああ」

「ということはつまり彼女が死ねば、民事訴訟の可能性はなくなる訳だ」

わたしは胸糞が悪くなった。この男はこんな事態でも保身を考えているのだ。

「それに、事故のことを隠そうとしても、彼女が意識を取り戻したら、マスコミにリークするかもしれないし、ネットに書き込むかもしれない」

「それは彼女の自由だろ」

「だからこそだ。このまま死んでくれるのが一番波風が立たない」

「彼女が死んだら、君は業務上過失致死になるかもしれないぞ」

「仮に有罪になったとしても、俺は前科がないし、悪質でもないから、きっと執行猶予が付くだろう」

「勝手な言い分だな」

「何言ってるんだ？　おまえのためを思ってやってるんだぞ」

川里もこの山代のような人間だったのだろうか？　もしそうだとしたら、金のためとはいえ、こんなやつらを当選させるために働こうとしていたとは、自分で自分が情けない。

「大きな怪我はないようだから、すぐに意識を取り戻すんじゃないかな」わたしはわざと山代の希望に反するようなことを言った。

「そうなんだよな。その可能性がなければ、彼女が運転していたと言えたのに」

「どういうことだ？　彼女に罪を着せようと思ったのか？」

「もちろん、彼女が死亡していたらの話だ」

「そんなことが許されると思ったのか？」

「どうしたんだ？　今日は本当におかしいぞ？　やっぱり頭を強く打ったんじゃないか？」

「自分の罪を他人に着せようなんて酷いじゃないか」

「おいおい。彼女が死んだ場合の話だって、言ってるだろ。死んだ人間に罪を着せたって、それで裁かれることはないんだから、何も酷いことなんかないに決まってるだろ。損得なしだ。それに対して、俺は罪から逃れることができるってことで得だ。彼女に罪を被って貰ったら、誰も損をしない。ウィン・ウィンってやつだな」

「死んだら、ウィンも糞もないだろ」

「死んだら損も得もないんだったら、生きてる人間が得をする方がいいに決まってるだろ」

「新藤さんの名誉はどうなるんだ？」

「名誉が金になるか？　そもそも死んだんなら、名誉も金も関係ないけどな」

「新藤さんが死なずに本当によかったと思うよ」

「何を言ってるのか、全然わからないが、選挙が終わるまで、彼女が意識を取り戻さないことを祈ってるよ」

「意識を取り戻しても、わたしたちに都合の悪いことを言うとは限らないだろ？」

「都合の悪いことを言わないとも限らない。だとしたら、このまま植物状態になってくれるのが一番安心できる」

全く話が嚙み合わない。価値観が違い過ぎて議論にすらならない。

さて、どうしたものか？　このまま、川里敏於として、選挙戦を戦うか、それともいっそのこと出馬を取りやめるか。

わたしとしては、こんな下種《げす》な人間と一緒に選挙活動を続けたくはない。だが、一方、本物の川里の意思を無視して、一方的に出馬を取りやめたりしたら、それこそ山代と同じことをしていることになる。とりあえずは、このまま川里として、選挙活動をしていくしかないだろう。

「彼女のことはこのままということにしておいて、選挙はこれからどうするんだ？」わたしは尋ねた。

「もちろん、今まで通り続ける」

「選挙カーは動くのか？」

「別のをレンタルすることにした。だが、看板の設置などがあるので、使えるのは、二、三日後になる。それまでは、徒歩で広報活動をする」

「歩道を歩きながら、演説するのか？」

「そんな訳ないだろ。駅前でやるんだよ。後は地道にどぶ板戦術だな」

「今時、どぶ板なんてないだろ。コンクリート製や金属製の溝蓋《みぞぶた》に変わってる」

「いや。そこは言葉の綾《あや》だから」

「壊れた選挙カーの修理代はどうするんだ？」

「レンタルするときに保険をかけていたから問題ない。たぶん」

「たぶんって、どういうことだ？」

「額が大きいんで、調査が入ることになると思う」

「調査って何の調査だ？」

「保険金詐欺じゃないかどうかの調査だ」

「詐欺なんてするはずがないだろ」

「ああ。でも、それはあくまで俺たち側の言い分で、支払う側がそれを素直に信じるとは限らない訳だ」

「レンタルした車をわざと壊しても、保険金は全部レンタル業者に支払われるんだから、わたしたちには何のメリットもない」

「俺たちにはな。ただし、俺たちとレンタル業者が結託して詐欺を目論《もくろ》んだなら別だ。たとえば、廃車寸前のぼろ車に高い保険を掛けてわざと事故るとか」

「いくらなんでもそんなことは……。まさか、君、やったんじゃないだろうな」

「いくら困窮してるからって、そんなしょぼい詐欺には手を付けないさ。保険会社だって、形式的に調べるだけだろう」

「それを聞いて安心したよ……。困窮？　今、困窮って言ったか？」

「ああ。実際に困窮してるからね」

「うちの事務所、金がないのか？」

「今更、何を言ってるんだ？　うちの事務所はかつかつでやってる。まあ、俺自身も金がないけどね。あんたの退職金を注《つ》ぎ込んだから、なんとかやってこれたんだ」

えっ。川里、自分の退職金注ぎ込んだの？　それで見返りは？　地方議員ってそんなに儲かるの？　議員報酬はたいしたことないらしいから、便宜を図ってやった街の有力者からいろいろ見返りがあるんだろうか。でも、それは汚職だから、ばれるとやばいな。川里は小心者だから、そういうことにはあまり向かない気がする。だとしたら、黒幕はやはり山代か。そう言えば、山代は自分は立候補せずに、川里を立候補させて、それでうまい汁を吸おうとしているのか？　でも、それって、川里を操縦する必要があるから結構面倒だな。そんなことをするのなら、川里から金だけ引っ張って、自分が立候補した方がてっとり早い。それとも、他に何か裏があるのか？

どうも、山代は信用できない。このまま選挙活動を続けたら、取り返しの付かないことになりそうな気がする。やめるのなら早い方がいい。だけど、これはあくまで川里の選挙活動だ。嫌な気がする程度で、中止していいものかどうか。もっと詳しいことを知る必要がある。だが、どうやって？　今まで一緒にやってきた山代に今までの経緯を聞くのは不自然だ。

「おい。川里、どうした？　また黙り込んで。まさか、やっぱり頭の打ち所が悪かったんじゃないだろうな？」山代が小馬鹿にするように言った。

その態度にかちんと来たが、ふとこの状況を利用できるのではないかと気付いた。頭を打ったことで記憶に混乱が生じていることにすれば、今までの経緯を聞いても不自然ではない。

「そのまさかかもしれない」

「いや。冗談を言ってる場合じゃないぞ」

「冗談を言ってる訳じゃない。本当に記憶が曖昧《あいまい》なんだ」

山代はしばらくわたしの顔を見てから言った。「ええと。まさか、立候補したことまで忘れた訳じゃないだろうな」

「それはなんとなく覚えている」

「なんとなく？」

「なんとなく、というのとは違うかもしれないが、まあ覚えているってことだ」

「じゃあ、何を覚えてないんだ？」

「わからない。覚えてないんだから」

「……本気で言ってるのか？　それとも、何か企んでいるのか？」

「企むなんて、とんでもない」わたしは内面の焦りを出さないように言った。

この山代という男、結構鋭いのかもしれない。

「まさか、あの件を自分の与《あずか》り知らぬことにして、全部責任を俺におっ被せる気じゃないだろうな」

おお。何か怪しいことを言い出したね。

「どの件のことかな？」

「言っとくが、主犯はおまえだ。もし万が一ばれても、俺はそう証言するからな」

主犯？　犯罪なのか？

「そもそも、あれはおまえの金だ。もし警察が調べれば、ちゃんと銀行の引き出し記録が見付かるはずだ。俺は単なる使いっ走りだ。それだけはちゃんと覚えとけよ」

「ええと。つまり、わたしは自分の金を何かに使ったのか？」

「惚《とぼ》ける気か？」

「それって、立候補時の供託金のことか？」

「馬鹿か？　供託金を出したからといって、犯罪になったら、そもそも選挙なんて成立しないだろうが」

「わたしもそう思ったよ。じゃあ、何の金だ？」

「本当に忘れたというつもりなのか？」

「いや。思い出そうとはしてるんだけどね」

「党幹部への賄賂《わいろ》だ」

これはまた爆弾発言だ。でも、何のために？

「そう言えば、そんなものを渡したような気がする」

「おまえが直接渡したんじゃないけどな」

「君が渡したのか？」

「そうだよ。おまえの意向を受けて俺が渡したんだ」

「何のために？」

「党の推薦《すいせん》を受けるために決まってるだろうが」

ああ。話が見えてきた。政党の推薦を得るために、幹部に賄賂を渡したってことか。でも、まあそれは犯罪になるのか、どうかはっきりしない。あくまで政党内のことだとしたら、寄付金だとかそういう扱いになるのかもしれない。だが、世間に知れたらまずいだろう。少なくとも、今公表されたら、川里はほぼ間違いなく落選する。

「それはわたしからやろうと言い出したのか？」

「どっちからということはないな。自然とそういう話になったんだ。知名度が皆無に近いから、どっかの党の推薦がいるだろうって」

「どっかの？　どこでもいいみたいな言い方だけど、党によって政策は違うだろう」

「政策とかはどうでもいいんだよ。まずは当選することが大事だ。それが俺たちの出した結論だった」

本末転倒もいいところだ。だが、もし二人の目的が議員としての利権だとしたら、それも不思議ではない。

「賄賂を渡す相手はどうやって見付けたんだ？」

「俺の伝手《つて》を使った？」

「君の伝手？　どうして、そんなものがあるんだ？」

「何だよ？　今更、怪しむのかよ？」

「いや、君は前々から政治に関心があったのかって、思ったんだよ」

「まあ、正々堂々とした伝手じゃないけどな。俺には裏の伝手があるんだよ」

「裏の伝手？」

「つまりはアンダーグラウンドな関係だ」

ほう。ぽろぽろと危ない話が出てくる。

「具体的にどんな関係なんだ？」

「それは言えるかよ」

「わたしにも言えないのか？」

「当たり前だ。それを教えたら、おまえ一人で行動するつもりだろ」

「つまり、君はわたしの知らない伝手を使って、党幹部に賄賂を渡して推薦を得たということか？」

「さっきからそう言ってるだろ」

「そして、金はわたしが渡した」

「おまえが当選するための金なんだから、おまえが出して当然だろ。そもそも俺が金を出そうにもほぼ一文無しだ」

「君はいい齢なのに、どうして金がないんだ？」

「本当に忘れたのか？　それとも、俺に恥をかかせようって了見《りょうけん》なのか？」

「二人しかいないんだから、恥も糞もないだろ」

「ギャンブルだよ。俺はギャンブルで一文無しになったんだ」

「金を全部使い果たすまで、ギャンブルを続けたのか？」

「ああ、そうだよ」山代は吐き捨てるように言った。

「それって、ギャンブル依存症なんじゃないか？」

「違うよ」

「どうして？」

「どうしてって、自分で違うのはわかるさ」

「でも、破産するまでギャンブルをやめられなかったんだろ？」

「破産なんかしていない」

「一文無しなんだろ？」

「一文無しは言葉の綾だ。飯代ぐらいは持っている」

いろいろ大変なことがわかった。川里は会社をやめて、退職金を元手に選挙活動を始めたらしい。そして、山代はそれにくっ付いて、いろいろな政治工作を行ったらしい。とは言っても、山代本人はギャンブル依存症で一文無しなので、川里の金に頼っているようだ。穿《うが》った見方をするなら、山代は自分が政治家になりたいのだが、資金がないので、川里を自分の傀儡《かいらい》にしようとしているように思える。

「なんで、君はわたしのために頑張ってくれるんだ？」

「高校の同級生だったおまえを応援するために決まってるじゃないか。だから、選挙事務局長を買って出たんだ」

「わたしを利用するためなんじゃないか？」

「おい、思い上がるなよ」山代は急に凄んだ。「おまえになんか利用価値があるもんか」

「それ、ちょっとおかしいんじゃないか？」

「何がおかしいんだ？　おまえは役立たずだ。それは紛れもない事実だ」

「もし、わたしが役立たずだとしたら、どうして議員にしようとしてるんだ？」

「それはつまり……友情だよ」

「友情？」

「友達の夢を叶えてやりたい。その一心だ」

「役立たずを議員にするのが友情？」

「何が言いたいんだ？」

「君はわたしのことを無能だと思っている。それなのに、そんなわたしの参謀になって当選させようとしてくれている。これって、矛盾してないか？」

「矛盾などしていない。友達を応援するのが、なぜおかしい？」

「君は利己的な人間だ」

山代は目を丸くした。「そんなことを思ってたのか？」

「自分が何を思っていたのかはわからない。だけど、今日の君の言動を見る限り、君は極めて利己主義的な人間だ」

「人間誰だって利己的なものだろう」

「そりゃそうだ。だけど、そんな利己的な人間が友達のために奮闘するなんて、おかしいじゃないか」

「いや。おかしくなんかないぞ。そもそも政治活動は何のためにするんだ？」

「それは人々の生活を向上させるために……」

「違う。自分の欲望を満足させるためだ」

「そんな人間ばかりじゃないだろう」

「じゃあ、おまえは何のために政治家になろうとしたんだ？」

わからない。政治家になろうとしたのは川里であって、自分ではないから。

「自分の理想を実現させるためかな？」

まあ、わたし自身はそんなこと全然考えてないが。

「それって、つまり自分の欲望を叶えるってことなんじゃないのか？」

「自分じゃなくて、世の中を……」

「おまえは『世の中を自分の思う形にしたい』という欲望を持っている訳だ」

「それは欲望というのとは違うんじゃないか？」

「いや。欲望だよ。そうでないと思おうとしても無駄だ。それが崇高《すうこう》なものであったとしても、人間はすべて欲望に忠実に生きているに過ぎないんだ」

それには、全く同感だ。だけど、川里敏於としては、同意する訳にはいかないだろう。

「なんだか、誤魔化されている気がするよ。そもそも、わたしを議員にしたい理由って何だよ？」

「俺はおまえとの友情を信じてるんだよ」

「どういうことだ？」

「俺はおまえを助けて議員にしてやる。だから、おまえも俺を助けるんだ。これこそ友情だろ？」

ああ。そういうことか。とてもわかりやすい。

「具体的には何をして欲しいんだ？」

「それについては、当選してから話しても遅くはないだろう。地方自治体の事業にはいろいろなものがある。俺の人脈にもいろいろなものがある。カップリングし放題という訳だ」

やはり碌なやつではない。川里はどうしてこんなやつに引っ掛かってしまったのか。山代は今のうちに潰しておくべきだ。

だが、それが本当に正解だろうか？　こいつは悪党だが、それなりに目端《めはし》が利くのは間違いがない。もし、このまま川里として生き続けなくてはならないんだったら、こいつとの協力関係が重要になってくる。すでに会社も辞めてしまったのなら、議員として生きていくしかない。川里の年齢では再就職もままならない。元に戻れる保証がない限り、そう簡単には山代を切り捨てられない。

「演説用の原稿覚えてきたか？」山代が訊いた。

「えっ？」

「昨日俺がわたしたやつだ」

「どこにしまったかな？」

「確か、おまえは内ポケットに入れてたように思う」

スーツの内ポケットを探るとくしゃくしゃになった紙が出てきた。ノートの切れ端に書きなぐってある。とても、原稿と言える代物《しろもの》じゃない。いくつかの単語が書いてあって、それぞれが矢印で結ばれている。話の順番のつもりなのか、論理展開のつもりなのかはよくわからない。

「これはどういうことだ？」

「つまり、住民税を減らして、保育所を増設して、住みよい街を作るってことだ」

「ここに保育所建設反対市民の意見も汲むと書いてあるが」

「そうだよ。子供が煩《うるさ》いと言って、建設に反対しているやつらも一定数いて、馬鹿にできないんだ」

「でも、保育所は作るって言うんだろ？」

「ああ」

「だったら、建築反対派の意見は聞かないってことだ」

「そこは難しいところだ。切り捨てたら、票にならない」

「だって、保育所を作るのに、反対派の意見を汲むんじゃ、矛盾してるじゃないか」

「だから、そう思われないように演説するんだよ。二つの話題を続けて喋るんじゃなくて時間を空けるんだ。そうすれば、矛盾点に気付かれなくて済む」

「いや。有権者はそんなに馬鹿じゃないと思うぞ。矛盾点を突かれたら、返答しようがないじゃないか」

「そこは強引に切り抜けるんだ」

「強引って言ったって、限度というものがある」

「『わたしには腹案《ふくあん》があります。どうかわたしを信じてください』って、言っとけばいいんだよ」

「腹案って、どんなんだよ？」

「そんなこと、知ったこっちゃないぜ」

「知ったこっちゃない？」

「そうだよ」

「でも、腹案があるって言うんだろ？」

「当選すれば、こっちのもんだ。当選したら『いい考えがあると思ったけど、よく考えたらそんなものはなかった』って言っとけばいいんだ」

「それは滅茶苦茶だろ」

「騙される方が悪いんだ」

「それに、住民税減らしたら、保育所建てる費用はどうするんだ？」

「埋蔵金《まいぞうきん》があるって言っとけ」

「どこに？」

「馬鹿か、そんなものある訳ないだろ」

「嘘を吐くのか？」

「当選すれば、こっちのもんだ。当選したら『埋蔵金があると思ったけど、やっぱりありませんでした』って言っとけばいいんだ」

「それは滅茶苦茶だろ」

「騙される方が悪いんだ」

なるほど。山代はそういうスタンスなのだ。もちろん、騙される方が悪いという理屈には一理ある。だが、有権者は馬鹿にされたことは忘れない。

「今回はそれで当選したとしても、次はどうするんだ？」わたしは率直に尋ねてみた。

「同じ手では騙せないだろ」

「四年も先のことなんか、考えてられるか。とにかく今回当選する事だけ考えるんだよ。

今がなければ、四年後もない」

これもまた一理ある。だが、山代が刹那《せつな》主義者であることははっきりとわかった。こいつに頼っていたのでは先がない。かと言って、こいつを切った場合の代替案《だいたいあん》も思い付かない。とりあえず今はこのまま突っ走るしかないだろう。

わたしと山代はマイクとアンプを担いで、駅前へと向かった。

たまたま近くに「新藤礼都」が入院している病院が見えた。あの肉体は川里敏於の意識で目覚めるのだろうか？　なかなか意識が戻らないのが気になるところだ。ひょっとして、あの事故のときに川里敏於の精神は死んでしまったのかもしれない。だとしたら、わたしはもう新藤礼都に戻れないのかもしれない。

わたしは川里の名前が書かれた襷《たすき》を掛け、さっき見たメモの内容を思い出しながら、演説を始めた。

もちろん、わたし自身が演説している内容を信じてないのだから、説得力があるはずがない。自分でもそう感じていた。ところが、演説を始めて何分か経つと、立ち止まって話を聞く人たちも現れた。殆どが老人たちだったが、平日の昼間なので無理もない。驚いたのは、空虚な演説に対して感心したように頷いている者たちがいたことだった。中には、感極まって握手を求めてくる者もいた。

「いや。あんたのような人を待っとったんじゃ」その老人は涙を流しそうな勢いで近寄ってきた。「最近の政治家は骨のないやつばかりじゃ。あんたのようにはっきりとものを言ってくれると、全く胸がすくわい」

思わず、「はあ?」と返しそうになったが、そこはぐっと呑み込んで、しっかりと握手を返す。

一人と握手をすると、次々に老人や老婦人たちが集まってきた。

あんたみたいな人が立ち上がるのを待っとったんじゃ、行政の年寄り虐めにはもううんざりで、肚に据えかねとったと、みんな大喜びだった。

山代は少し離れた場所からこっちの様子を窺っている。にやにやとしてとても嬉しそうだった。

きっとすべてがあいつの思う壺なんだろう。

だんだんと腹が立ってきた。

元に戻れなかったことのことを考えるなら、今はあいつの言う通りにすべきであるのは理解していた。一方で、あんな適当なやつの浅い考えがたまたま当たってしまっていることに強い苛立ちを感じてもいた。

あんなやつ、調子に乗らせておいていい訳がない。

わたしの心の中で二つの気持ちが激しい戦いを繰り広げていた。

論理と感情の戦いだ。

だんだんと作り笑いができなくなってきた。

「ありゃ、どうしたんじゃ？　川里さん、怖い顔して」老人たちが訝《いぶか》しがり始めた。

山代が不安そうな顔をしてこっちを見ている。

なんだ、あいつ。いい気になって。

わたしは山代の方を見てにやりと笑ってやった。

山代は何を勘違いしたのか、ほっとした表情になった。

その瞬間、わたしの中で何かが吹っ切れた。

馬鹿をのさばらせてはならない。

実に明晰《めいせき》な結論であった。

わたしは足下《あしもと》に置いてあったマイクを拾い上げ、アンプの音量を最大限にした。

ぶーんというノイズが駅前広場に広がった。

「皆さん、わたしは皆さんに報告しなければならないことがあります」

山代がぽかんとした顔でこっちを見ている。いったい何を言うのかと不思議に思っているのだろう。

「わたしは党の推薦を得るために、党の幹部に賄賂を渡しました」わたし——川里の声が駅前広場に響き渡った。

今度は周りに集まってきた老人たちがぽかんという顔をした。

山代は血相を変えてこっちに走ってきた。

「実際に賄賂を渡したのは、今こっちに向かって走ってくる選挙事務局長の山……」

山代はわたしに体当たりした。

二人は縺《もつ》れ合って、その場に倒れた。

また、入れ替わるんじゃないかと少し焦ったが、今回はそのようなことは起こらなかった。

「何を言い出すんだ!!」山代は相当怒っているようだった。

わたしは地面に転がったマイクを拾い上げた。

「全部、本当のことだ」わたしの声がスピーカーから流れた。

「全部、冗談だ!!」山代は大声で言い、わたしの手からマイクを引っ手繰《たく》り、今度は自分がマイクに向かって言った。「賄賂の事実なんかない!!　全部作り話だ!!」

聴衆たちはようやく我に返ったのか、ざわめき始めた。中には携帯電話をかけ始める者もいたし、スマホに何かを打ち込んでいる者もいた。

「だから、冗談なんだから、真《ま》に受けないでください!!　こんな話を拡散したら、あなたたちが恥を掻きますよ!!」

「しかし、本人がそう言ってるじゃないか」聴衆の一人が言った。「冗談でこんなことを言うか？」

「候補者は悪い冗談が好きなんですよ!!」

「冗談じゃない」わたしは落ち着いた調子で言った。「こんな冗談を言っても何の得もないからな。良心の呵責《かしゃく》に耐えきれずに暴露したんだ」

「違うんだ。冗談を言ったのは俺なんだ。こいつがそれを真に受けているだけなんだ」

そんな見え透いた嘘を……。

うん？　ちょっと待って。それって、嘘と言い切れるだろうか？

いやいや。冗談にしては重過ぎる。それこそ洒落にならない。

でも、冗談でも、本気でもない可能性がある。最初から川里を騙そうとしていた場合だ。

「冗談だとしたら」わたしは言った。「賄賂用にわたしが渡した金はどうしたんだ？」

「それは、まあストックというか、投資目的というか……」山代は口籠もった。そして、それは単に聴衆から真実を隠したいだけではなく、わたしにも知られたくないかのような態度に見えた。

川里にも知られたくないことがあるのか？　何を隠している？

「あっ！」わたしは思い出した。「あのブランド物の鞄、君がわたしにプレゼントしたんだった！」

「おまえじゃない‼　礼都ちゃんにだ‼」

「そう言ったよ。とにかく、君が買ったことに間違いない。破産状態の君にどうしてあの鞄が買えたんだ？」

「畜生‼」山代の目が見る見る攣り上がっていった。「あの女だな‼　あの女がちくったんだな‼」彼は病院の方を睨み付けた。

「いや。そういう訳ではないんだ。まあ、当たらずとも遠からずだけど」

「それなりの報いを受けさせてやる‼　後悔するがいい‼」山代は突然走り出した。

わたしはしばらく走る山代を眺めていたが、やがて大変なことに気が付いた。

山代は「新藤礼都」が入院している病院に向かっているのだ。今、あの肉体は完全に無防備だ。簡単に息の根を止められるだろう。もちろん、山代は殺人罪に問われるが、今あいつは逆上していて、そんなことに頭が回らないかもしれない。

こうしている場合じゃない。

わたしはマイクやアンプを放り出して、山代の後を追った。

わたしが走り始めたとき、山代はほんの十数メートルリードしているだけだったが、彼もまた全力を出しているため、なかなか差を縮めることができなかった。なにしろ、二人とも中年なうえ、普段運動をしていないようなので、ふらふらになっていた。

山代が病院に飛び込む。数秒遅れでわたしも入り口に到達した。入った瞬間、山代が階段を上っていくのが見えた。

確か、「礼都」の部屋は四階だ。山代がエレベータを使わなかったのは、待っている間にわたしに追い付かれるのを避けるためだろう。

追いかけるのに、エレベータを使うべきかどうか一瞬迷ったが、待ち時間が読めない以上、自分も階段を使って追い駆けるしかないと決断し、階段へと向かった。

二階に到達した時点でもうふらふらになってしまっていたが、なんとか歯を食いしばり、上り続けた。

突然、世界が回転し始めた。立っていられなくなり、階段の途中で手を突いた。頭の中から何かが抜けていくような感じがして、真っ暗になる。わたしは何も見えないまま、階段を這って上がった。

廊下には病院のスタッフが何人かいたが、誰も手を貸してくれなかった。おそらくわたしの鬼気《きき》迫る様子にみんな怖気《おじけ》づいたのだろう。

そのうち、また明るくなってきた。世界がふわふわし、まるで生まれ変わったような、突然目が覚めたような不思議な気がした。

わたしは立ち上がった。元気になったかと思ったが、全然そんなことはなく、脚はがたがたと震えていた。だが、手摺りを持てばなんとか階段を上り続けることはできた。

漸《ようや》く四階に着いたとき、山代の姿は廊下にはなかった。わたしは「礼都」の病室へと向かった。

ドアを開けると、山代がベッドの横で俯いていた。

しまった！　手遅れか！

わたしはふらふらとしながらも山代に体当たりした。

「うへえ〜」山代もふらふらになっていたのか、その場にひっくり返った。手には紙袋が摑まれていた。

「何やってるんだ？　それは新藤さんの……」

「これは俺のものだ!!」山代はなんとか起き上がると、びりびりと紙袋を引き裂き、中から鞄を取り出した。「返して貰う」

「ちょっと待て、それはわたしの金で買ったもんじゃないのか……」

「煩《うるさ》い。これを売りとばせば、証拠もなくな……」山代は突然顔面を摑まれた。「もごもごもご」そして、そのまま投げ飛ばされた。

ベッドから起き上がった「礼都」は床の上から鞄を拾い上げた。「誰の金で買ったのかは、関係ない。いったんわたしが貰ったからにはわたしのものよ」

わたしはほっとしたのか、驚いたのか、自分でもわからず、その場に座り込んでしまった。「君は……川里敏於なのか？」

「はあ？　川里はあんたでしょ。わたしは新藤礼都に決まってるわ」

そうだ。わたしは川里だ。不思議なことにさっきまでの「自分が新藤礼都だ」という感覚は完全に消え失せていた。今は、自分は川里敏於だとしか思えない。

「いや。ついさっきまで、わたしは君だったんだ」

「えっ？　あんた、この人の言ってる意味わかる？」礼都は山代に尋ねた。「おかしなこと言ってるんだけど」

「いや」山代は床の上でごほごほと咳き込みながらもがいていた。「でも、そう言われると、事故の後、今日は少しおかしな感じだった」

「じゃあ、頭の打ち所ね」

そうなのか？　打ち所が悪かっただけなのか？

「あんた、わたしになりたいとか言ってたわね」礼都はわたしに言った。

「そう言えば、そんなことを言った様な気がするが……」

「二人の人間がぶつかって、中身が入れ替わるとかそういう映画とかドラマの影響ね。わたしになりたいと思ったから、一時的にわたしになったという妄想に陥っただけよ」

「そうなのか？　でも、さつきまでは完全に新藤礼都だったような気が……」

「あんたの妄想の話は、どうでもいいわ」礼都はわたしの話に対する興味を失ったようだった。「そんなことより、こいつが問題よ。わたしの鞄を盗もうとした」

「俺があげたもんだろ」

「貰ったら、わたしのものだって言ってるでしょ」

「でも、おまえは俺の愛人になるのを断った」

「当たり前でしょ」

「だったら、それを返して貰う」

「どうして？」

「いや。それを渡したのは、愛人になって貰おうと思ったからで……」

「それはあんたの勝手な思い込みだから、事実はあんたがこれをわたしにプレゼントしたということ。愛人契約なんか成立してないわ」

「ちょっと待ってくれ。愛人契約って何の話だ？」わたしは突然のことに混乱してしまった。「そもそもどうして、山代にそんな高い鞄を買う金があったんだ?」

「あんた党推薦受けたんでしょ?」

「ああ。山代が党幹部に賄賂を贈ってくれたおかげで……」

「党幹部とは連絡したの?」

「いや。わたしが直接接触するのはまずいと山代が言ったので、会ったことすらない」

礼都は鼻で笑った。「人が好過《よ》ぎるわ。賄賂というのは真っ赤な嘘よ。あんたの渡した金で、山代は豪遊してるわ。わたしにもいろいろプレゼントしてくれた」

「やっぱりそういうことだったのか」わたしは山代の顔を見た。

「べ、別に構わないだろ。あんたは賄賂のおかげで推薦を受けられたと思ってたんだから、何の問題もないじゃないか」

「つまり、わたしが推薦を受けられたのは、賄賂のおかげじゃなかったのか?」

「だから、あんたがそう思ってたんなら、それでいいじゃないか」

わたしは山代の胸倉《むなぐら》を摑んだ。「わたしの金はどうなったんだ?」礼都が言った。

「今、言ったじゃない。そいつが豪遊して使い果たしたのよ」

「そいつも同罪だ!」山代が礼都を指差した「殆どはそいつに貢いだんだ!」

「わたしは関係ないわ。知らなかったんだから」礼都は馬鹿にしたような笑みを浮かべた。

「詐欺で訴えてやる！」わたしは山代の胸倉を摑んだまま言った。

「そんなことをしたら、おまえが賄賂を渡そうとしたことも知れ渡るぞ」

「構うものか。どうせもう落選は確実だ。駅前で白状しちまったからな」

「罪はもう一つあるわ」礼都が言った。「あんた、わざと事故を起こしたわね」

「本当か？」わたしは山代に尋ねた。

「………」山代は目を伏せた。

「山代が一文無しに近い状態だったことは、あんたも知ってたわね」

「ああ」わたしは答えた。

「だから、山代はわたしにこんなブランド物の鞄をプレゼントしたことを隠していたのよ。ところが、偶然にもあんたに鞄を見られてしまった。わたしが山代に貰ったと言ったら、金の出所が疑われる。だから、山代はわたしの口を封じようとした」

「本当なのか？」

「………」山代は答えない。

「まあ、状況証拠だけだけどね。事故した車や周辺の車のドライブレコーダーを調べれば実証できるかもね」

「一緒に警察に行って貰うぞ」わたしは山代に言った。

「おまえは馬鹿だよ」山代は呟くように言った。「この程度のこと見逃してくれたら、二人とも幸せになれたのに」

「いや。今度のことで気が付いた。不正な手段で成功したとしても、わたしは幸せになんかなれないんだ」

「じゃあ、政治家には向いてないな」

「ああ。自分でも政治家には向いてないと思う」

「ええと。詐欺の件は当事者間で話し合って貰えるかしら？　わたしは退院手続きをしてくるわ。殺人未遂の件は充分な額の慰謝料が貰えたら、被害届を出さないことを考えてもいいわ。落ち着いたら連絡して」礼都は鞄を持って病室から出ていこうとした。

「ちょっと待ってくれ」わたしは言った。「謎はまだ解決していない」

「解決したじゃない。全部、そいつが企んだの」

「そういうことじゃないんだ」わたしは言った。「さっきまでわたしは自分が新藤礼都のような気がしていた」

「それは気のせいよ」

「君が意識を取り戻したのはいつだ？」

「数分前かしら？」

「数分前、わたしは階段を上る途中で眩暈を覚えた。そして、突然自分が川里だと気付いたんだ」

しばらく沈黙が流れた。

「わたしの生霊《いきりょう》が体から抜け出して、あなたに憑依《ひょうい》したとでも言うつもり？　馬鹿馬鹿しい。あんたは頭を打ったことで、脳の一部が機能しなくなったのよ。ひょっとしたら、軽い出血があったのかもしれない。それで、自分が誰だかわからなくなった。それが今になって回復した。それだけのことよ」

「だったら、どうして君は僕が山代に賄賂用の金を渡したことを知っていたんだ？」

礼都は首を傾《かし》げ、一瞬沈黙した後に言った。「それは不思議でもなんでもないわ。きっと意識を失っているときにあんたたちの会話を聞いたのよ。それが潜在意識に残ってた」

なるほど。そういうことか。すべてはわたしの脳が見た夢だったのだ。だが、そのおかげで山代の悪事が明るみに出たのだから、災いが福に転じたとも言える。不思議に見えたこともすべて説明が付いた。礼都が賄賂のことを知っていたことも含めて……。

いや。おかしい。わたしたちは気を失った礼都の前で賄賂の話などしていなかった。

「新藤さん……」

だが、もはや礼都の姿は病室から消えていた。

山代は放心したように床の上に蹲っていた。

そして、山代が礼都に鞄を渡していたことを自分が知っていた理由がわからないことに気付いたのは、警察に電話を掛けた後だった。

探偵補佐

「新藤さん、いる？」俺は隣の部屋へ呼び掛けた。

返事はない。

「新藤さん？」もう一度呼び掛ける。

やはり返事はない。

俺はゆっくりと立ち上がり、ドアを開ける。

新藤礼都と目が合った。

「わっ！」

礼都は無言でこちらを見ている。

「なんで、返事しないんだ？」

「わたしがいること、わかってると思ったから」

「いや。いると思ったから、呼んだんだけど」

「だったら、『新藤さん、来てください』とか言えばいいのよ。いるか、どうか訊かれたら、いるのわかってると思って返事なんかしなくていいと思うじゃない」

「いや。そんな訳ないだろ。そもそも俺はいるかどうか知りたいんじゃなくて……」俺はそこまで言い掛けて、急に面倒になってしまった。

どうせ口で勝てる訳はないんだから、いちいち文句を言わないのが一番平和だ。

「ええと、新藤さんを呼んだのは、つまり仕事を頼みたかったからなんだ」

「仕事？」

「ああ。仕事だよ。君は仕事をするために、ここに来たんだろ」

「正確に言うと、仕事をするためじゃないわ。賃金を貰うために来ているの」

「ああ。君の側の視点だとそういうことになるね。ともかく、僕は時給を支払っている訳だから、君に仕事を頼んでも罰は当たらないということだ」

「こんな安い時給で雇っておいて、仕事までさせる気？」

「ええと。本気で言ってるのかどうかわからないけど、君が仕事しないとなると、俺は君に毎日、時給掛ける勤務時間分のお金を貢いでいるということになってしまう」

「わたし、それでもいいんだけど」

一瞬、どきりとして、どういう意味か考えてみた。

いや。自分に都合よく考えるのは禁物だ。彼女は一筋縄ではいかない。一定の距離を保っておかないととんでもないことになりそうだ。

そもそも、彼女程の切れ者がどうして、俺の補佐なんだ？

彼女が俺の補佐に納まった経緯については、俺自身もよくわかっていなかった。掃除か何かの仕事を頼んだつもりだったのが、いつの間にか俺の補佐としての立場になっていた。その上、俺よりも遥かに有能で、次々と仕事をこなしてくれる。ただし、自分から動こうとすることはまずない。俺が再三仕事を頼んで、漸く動き出すのだ。

「残念ながら、仕事をしない人にお金を出す余裕はないんだ」

「だったら、時給の値上げを要求するわ」

「ここの時給は法律で定められた金額だよ」

「法律で定められているのは最低額よ。それより高くても法律違反にはならないわ」

俺は礼都の反論を無視した。反論の余地のない正論だったからだ。うちの事務所にはこれ以上、超える働きをしている。これは疑いようのない事実だ。だが、彼女は時給を遥かに

彼女に支払うことのできる金はない。これもまた疑いようのない事実だ。

「まあ、いいわ。ここに来ている目的の一つは、ノウハウを仕込むためでもあるしね」

礼都は、行く行くは自分の探偵事務所を持ちたいらしい。どうして、こんな忙しいだけの儲けの薄い商売なんかしたがるのか、気がしれなかった。でも、きっと俺も他人から見ると気がしれない存在なんだろうな。

「それで、どんな仕事なの？」

「ちょっとした調べものだ」

「じゃあ、スマホかPCで調べて。もしくは近くの図書館に行けばいい」

「ある人物を調査して欲しいんだ」

「だからネットを使ったら？」

「ネットで手に入らない情報が欲しい」

「有名ではない人物？」

「どうかな？　住んでいる街ではそこそこ有名かもな」

「街の名士？」

「そうとも言える。医者なんだ」

「医者の評判を調べるの？」

「医療過誤の調査だ」

「医療過誤は実証するのが難しいわよ」

「まあ、そうだろうな。だが、『難しい』と言って断っていたら、この商売は成り立たない」

「無茶な調査をしろというのね」

「そもそも探偵業というのは、無茶な商売なんだよ。常に犯罪すれすれのことをしなくちゃならないんだ。君も考え直した方がいいと思うよ」

「犯罪すれすれ？　だとしたら、得意分野よ。すれすれでなく、すばりそのものも得意だけど」礼都はまたにやりと笑った。

彼女が笑うとどうも落ち着かない。

「それで、どういう案件なの？」

「ある男性の依頼だ。そうだな。名前はA氏とでもしておこうか。彼女には娘がいた。齢は五歳だ」

「その子がその医者にかかったの？」

「ああそうだ」

「小児科？」

「小児科じゃない」

「じゃあ、眼科か耳鼻《じび》科か外科？　医者といったからには歯科ではないわね」

「外科だよ」

「その子が怪我をしたのね」

「足の裏を切ったらしい。河原で遊んでいてね。割れた瓶が転がっていたんだ」

「よくある話ね」

「相当出血した。だが、怪我自体は小さく、その子の様子にも危険な兆候はなかった。だから、A氏は救急車を呼ぶことに躊躇《とまど》った」

「河原で足の裏を切ったぐらいではね」

「しかし、放置していてもいいようには思えなかった。川の水は濁っていて、とても清潔には思えなかったんだ」

「濁った川で遊ばせるのはどうかと思うわ」

「いつも濁っていた訳じゃなかった。数日前に大雨が降ったんだ。A氏は迷ったそうだが、いつも遊んでいる川だということもあって、軽い気持ちで遊ばせたんだ」

「まあ、事故が起きたときはたいてい後で考えると、そんなふうに軽い気持ちで間違った選択をしているものね」

「A氏は娘を抱き上げると、川から離れ、堤防を越えて、街の中に入った。すると、ほどなくして街の医院が見付かったんだ」

「外科ね」

「外科と肛門科を兼ねていた。まあ、肛門科の方は今は関係ないし、これからの話にも関係しない」

「わかったわ。続けて」

「その医者を仮にA医師としよう」

「ややこしいからBにして」

「片方は一般人で、片方は医者なんだから区別が付くだろう」

「そういう問題じゃない。混乱の元になりそうな要素をわざわざ入れないでと言ってるの」

「じゃあ、B医師としよう。医院は混んでいて、しばらく時間がかかりそうだった。看護師がやってきて、傷口にガーゼを当ててくれたが、傷自体は特に処置はされなかった。血止めも消毒もされなかった」

「医者が診《み》ないと勝手に治療はできないのかもね」

「詳細はわからないが、小一時間ほどしてやっと診療室に通された」

「町医者なら、そのぐらいの待ち時間はおかしくはないわね」

「B医師は傷口を調べ、おそらく尖ったもので切ったのだろう、出血はほぼ止まっている、と言った」

「一時間も経ってるなら、そうでしょうね」

「B医師は傷口を消毒した。ここで、A氏は不信感を持った」

「どうして？　消毒は普通でしょ」

「傷の治療に際しては、最近は消毒より洗浄が優先されることをA氏は知ってたんだ。消毒は人間の細胞にもダメージがあるからね」

「まあ、ケース・バイ・ケースじゃない？　医者が判断したのなら、消毒の必要があった可能性が高いわ」

「それはどうだろうね。とにかく、A氏は医師に対して、不信感を持った。B医師は飲み薬を処方した」

「そこまでの話を聞く限り、特別おかしな点はなかったと思うわ」

「それから数日後、A氏は娘の傷口に異変が起きていることに気付いた。傷の治りが悪く、まだ塞がっていなかった」

「傷の種類によるでしょうね」

「A氏も最初はそう思った。だが、一週間後、娘が足を引き摺っているのに気付いたんだ。傷口を確認してみると、黒く変色していて、嫌な臭いがし、ガーゼを剝がすと糸を引いていた。足全体が赤黒く腫れ上がっていた」

「化膿《かのう》してたんじゃない？」

「A氏もそう判断した」

「B医師のところに連れていったの？」

「いや」

「なぜ？」

「A氏はB医師に不信感を持っていたからだ。小さな傷を酷く悪化させてしまったのは、B医師のせいなのだから、B医師に診せてもさらに悪化するだけのように思えた」

「根拠が薄弱ね」

「クライアントを非難しても仕方がないだろ」わたしは肩を竦めた。「こっちは客商売なんだ。客の言うことには反対できない」

「まあ、いいわ。それで？」

「A氏は以前から信頼していた別の医者を訪ねることにした」

「だったら、最初からその医者に頼めばよかったのに」

「その医者のクリニックは怪我した場所からは遠かったんだ」

「そして、その医者に見せたところ……」

「名前は？」

「名前？」

「医者の名前は何？」

「言ってもいいけど、今まで仮名で来たから、いきなりこの医者だけ本名というのもおかしいだろう」

「いや。誰も本名を教えろとは言ってないわ。仮名を決めて」

「じゃあ、A医師で」

「ふざけてるの？　C医師にして」

「C医師によると、全くの誤診で、適切な処置がなされていないということだった」

「そこまで言い切ったの？」

「A氏によるとね」

「まあ、クライアントの主張は尊重するわ」

「そのとき、すでに病状はそうとう悪化していた。高熱を出していたし、脚は動かなくなっていたし、意識障害や痙攣《けいれん》も起こしていた」

「なんでそんなに悪化するまで放置していたの？」

「様子を見てたんだ」

「医者の責任より、親の責任の問題じゃないの？」

「だから、A氏はクライアントだから……」

「まあいいわ。続けて」

「早速、C医師による治療が始まったが、ときすでに遅く、娘は帰らぬ人となった」

「C医師に落ち度はないの？」

「クライアントはC医師については疑っていない」

「でも、亡くなったのはC医師の元でなんでしょ？」

「C医師の元に来たとき、患者はすでに重篤《じゅうとく》な状態だった。A氏はその点を重要視している」

「いろいろわからないところが多い案件ね。どうするの？」

「どうするもこうするもない。クライアントの希望に沿うだけだ」

「つまり、どういうこと？」

「B医師の医療過誤を実証するための証拠を集める」

「ふうん。でも、そういうのは弁護士の仕事じゃないの？」

「せっかくうちに依頼が来たんだ。弁護士事務所に行ってくれ、という訳にもいかないだろう」

「でも、探偵って、弁護士みたいな権限がないから、できることは少ないわよ」

「逆に、探偵だからできるってこともある」

「そんなことはないわ」

「弁護士だったら、危なくてできないことでも、我々ならできる」

「どういう理屈?」

「単純だ。失うものがないからだ。弁護士は失うものが多過ぎる」

「ああ。自分がどん底にいることを肯定的に表現しているのね」

「他人事《ひとごと》じゃない。どん底にいるのは君も同じだ」

「証拠集めって、具体的に何をすればいいの?」

「そうだな。医療事務とか、雑用係とか、なんでもいいから、A医師の医院に潜入して、看護師とか事務員とかと仲良くなって、情報を聞き出すんだ」

「それは長い道のりね。何か月かかると思ってるの? その間の時給は?」

「時給? いや。病院から給料が出るだろう」

「それはあくまで、病院の仕事に対する報酬よね。調査の報酬は別途請求するわ」

「それって、二重取りなんじゃないか?」

「B医師から報酬を貰うのなら、わたしはB医師の部下よ。彼が不利になるような行動をする訳ないじゃない。寝返るわよ」

「じゃあ、どうすればいいんだ?」

「B医師以上の報酬を出せばいいわ。そうすれば寝返ったりしないから」

「でも、向こうで働いている間は、病院の仕事をする訳だろ？　それなのに、俺が報酬を出すのか？」

「納得いかないのなら、それでいいわ。わたしはここを辞めて病院で働くだけだから」

俺はぽりぽりと頭を掻いた。

礼都を言い包《くる》めることなど俺には不可能だ。

「わかった。作戦変更だ。潜入捜査は必要ない。できるだけてっとり早く、B医師のことを調べてくれ。方法は問わない。君の方で考えてくれ」

「正攻法でいいの？」

「その方法が一番いいと君が考えるのなら、俺には何も言うことはない」

「任せといて」


「B医師について、だいたいわかったわ」礼都は報告を始めた。

「ちょっと待ってくれ。俺が君に依頼したのは昨日だったよな」

「ええ。そうよ」

「もう調査が終わったのか？」

「あんた、できるだけてっとり早くって言ったじゃない」

「ああ。確かに言った。でも、こんなに早いとは思わなかった」

「わたし、仕事が速いの」

「どんな手を使ったんだ？」

「B医師の医院に行ったの」

「そして？」

「B医師を呼んで尋ねたの」

「何を？」

「A氏の娘の治療に過誤はあったのかと？」

「いきなり訊いたのか？」

「それ以外に何か手がある？」

「過誤を認める訳がないだろ」

「どうして、そう思うの？」

「認めたら、多額の賠償金を支払わなくてはならなくなる」

「保険に入っているかもしれないじゃない」

「そうだとしても、悪い評判が立って、経営が立ち行かなくなる」

「他言しないという条件で示談という手があるわ」

「相手が条件を守るとは限らないだろう」

「それを言うなら、真っ向から過誤を否定した方が悪い噂を立てられる可能性が高いんじゃない？」

「……確かに一理あるな。ただ、いきなり、本人に訊くというのはいくらなんでもリスキー過ぎる」

「だらだら、外側から調査をしていても、靴の上から足を掻くようなもので、埒《らち》が明かないわ」

俺は溜め息を吐いた。「まあ、やってしまったことは仕方がない。それで、相手はどんな様子だった？」

「とっても驚いていたわ」

「つまり、過誤はなかったと思ってたという主張な訳だ」

「というか、覚えてもいなかったわ」

「覚えてない？　A氏の娘を治療したことを？　まさか」

「いや。不思議じゃないでしょう。待ち時間が一時間もあるのよ。一件当たり十分だとして一時間で六件、一日の診療時間が八時間だとして、約五十件もあるんだから、普通は覚えてないいわ」

「しかし、死ぬような怪我だったんだぞ」

「B医師は死ぬとは思わなかったみたいね。とりあえず、名前と日時を伝えると、カルテが出てきたわ」

「正直に出してきたのか?」

「ええ。中身も見せて貰った。本来なら、個人情報なんだからNGだと思うけど、わたしが鬼気迫る演技をしたから、ついうっかり見せてしまったみたい」

「何が書いてあった?」

「普通よ。『切り傷に消毒処置をして、抗生剤を処方した』それだけよ」

「今の主流は消毒を行わないということは知らなかったというのか?」

「それは知っていたけど、A氏から汚い川の河原で怪我をしたという情報を聞いていたから、念の為消毒したらしいってことだったわ」

「『らしい』? 自分の行動なのに?」

「だから、治療自体を覚えてないんだから、仕方がないでしょ」

「いくら患者数が多いといっても、治療自体を覚えてないというのは、無責任だと思わないか?」

「全然」

「そうだろうな。……確かに、君の言うことはもっともなんだけど、そのまま報告書には書けないんだよ。もっとクライアントの心情に寄り添った表現にしないと」

「じゃあ、表現はあんたの方で考えて」

「ああ。わかったよ。忘れたことを疑わせるような言葉を使わなければいいんだから、そんなに難しくはないだろう。……それから？」

「それで終わりよ。カルテに続きはなかったから、たぶんもう来なかったんだろう、ということだった」

「一度診た患者を放置した訳だ」

「いや。ただの切り傷だから」

「しかし、実際にその患者はその後死亡している訳だから、医師の怠慢が疑われるだろ？」

「切り傷の治療をして、その後来なくなったら、治癒《ちゆ》したと考えるのが自然でしょ」

「そこは何かうまい理屈を考えて、医者のせいにするんだよ」

「医者を陥れるの？」

「言葉は悪いが、そういうことだ」

礼都は首を傾げた。「やってやれないことはないけど、筋が悪いわ」

「どういうことだ？」

「A氏の行動が読めないからよ」

「A氏は関係ないだろ」

「A氏はB医師を恨んでいる。だから常軌を逸した行動に出る可能性がある。もし、そんなことをされたら、こっちまで火の粉《こ》が飛んでくる可能性があるわ」

「常軌を逸した行動ってどんな行動だよ？」

「常軌を逸した行動は予測できないわ」

「それは道理だな。……しかし、A氏の希望はあくまでB医師の過誤を証明する事なんだが」

「充分な報酬があって、しかもA氏が余計なことをしないと約束してくれるなら、考えてもいいわ」

「充分な報酬って、どのぐらいだ？」

「わたしが探偵事務所を開けるぐらいよ」

「事務所が賃貸でいいなら、そんなにかからないんじゃないかな？」

「駄目よ。事務所は買い取りで、もしくは賃貸料五年間分で」

「それは法外じゃないか」

「危ない橋を渡るんだからそのぐらいは当然よ。出せないって言うのなら、医者を陥れることはしない」

「わかった。A氏に打診してみるよ」

B医師を陥れる？　どういう意味ですか？

罠に掛ける？　いや。その必要はありませんよ。あいつが娘を殺したのは確実なことなんですから、わざわざでっち上げる必要はないのです。

証拠がいる？

それなら、C先生に訊けばいいんです。名医ですから。娘を診せた瞬間にB医師の誤診であることを見抜いたんです。

C先生は言いました。これは消毒液がいけなかったと。

消毒液は毒を消すと書きますが、その実、毒そのものなのです。考えてもみてください。毒だからこそ生物である細菌を殺すことができるのです。だから、そんなものを傷口に塗りつける時点でめちゃくちゃな訳です。

C先生はそんな野蛮なことはしないのです。人体には自然の免疫というものが備わっています。つまり、その力を引き出すことができれば、そもそも消毒液などは必要ないのです。

もちろん、抗生剤もです。抗生剤というのは、本来黴《かび》が他の微生物を排除するために作り出した物質です。つまり黴専用な訳です。もし、人間にも有益であるなら、人間の肉体に備わっているはずです。しかるに、人間の体内では抗生剤は作られない。それはなぜか？　答えは簡単です。人間には抗生剤は有益ではないということです。むしろ、有害なのです。人間は人間独自の免疫系を持っています。それで充分なはずなのです。

知っていましたか？　今は、海外では殆ど抗生剤が使われていないことを。細菌だって、防衛機能を持っています。抗生剤に触れると、すぐさま自らを進化させ、耐性を発現するのです。すると、その抗生剤の効き目はなくなってしまいます。医者はさらに強力な抗生剤を処方します。すると、また細菌はさらに強い耐性を獲得するのです。こんなことを繰り返すうちに、どんな抗生剤に対しても耐性を持つスーパー耐性菌になってしまうのです。だから抗生剤は決して使ってはいけないのです。

ええ。もちろん、最初からC先生のところに行けばいいのはわかっていました。だけど、あのときは仕方がなかったのです。出血が激しかったので、C先生のところに行く余裕はないと。そして一応治療は受けたんだから、改めてC先生のところに行く必要はないと考えてしまったんです。今から思うと浅い考えでした。本当にわたしは馬鹿でした。

娘を一目見たときにC先生は言いました。

これは医者の見立て違いだ。わたしは全力を尽くそう。だが、すでに手遅れのようにも思える。あなたは覚悟をしておきなさい、と。

先生は早速治療を始めました。だが、娘の衰弱は激しく、何時間経っても効果は表れませんでした。

先生によると、投与された薬剤が娘の身体に強いダメージを与えているため、容易には回復できないとのことでした。

娘は苦痛を訴えましたが、わたしにはどうしてやることもできませんでした。やがて、娘は意識を完全に失ってしまいました。そのこと自体はよくない兆候ではありましたが、意識がなくなれば苦痛も軽減されることになり、少しだけですが、気持ちが救われる面もありました。

そのうち、娘の熱が下がり始めました。その頃は激しい息遣いも穏やかになり、痙攣の回数も収まって来ていました。

わたしは治療の効果が出てきたのかと喜びましたが、C先生によると、それは治療の効果というよりも、熱を出す体力すら削られてしまった結果だそうです。しかし、わたしには俄かにそのようなことは信じられませんでした。なぜなら、娘の様子はどんどん楽そうになっていったからです。そして、あるときついにすやすやと眠りについてしまいました。

わたしは娘の容態を喜び勇んで、先生に報告しました。

先生はただ、よかったね、ゆっくりと休ませておあげなさい、とやさしく言いました。

わたしはそれから何日も眠ったままの娘の世話を続けました。

娘の身体はすっかり熱がなくなっていたのですが、筋肉が緊張しているのか、あちこちに硬直が起こりました。

慌てて先生に尋ねると、それは自然な反応だから、放っておきなさい、と言われました。

先生の言う通り、やがて硬直はとれてきました。でも、その頃から、娘の身体に異変が現れ始めました。どんなに綺麗に身体を拭いてもどうしても臭いがとれないのです。そして、全身から濁った体液が染みだして、寝具をべとべとに汚すのです。

わたしは娘の異変を先生に訴えました。

先生はわたしの肩に手を置きました。

すべてを受け入れるんです。

すべてって何ですか、とわたしは尋ねました。

あなたがあの子をあの病院に連れていった時点であの子の運命は終わっていたのです。

わたしは全力であの子を助けようとしました。しかし、あの子の身体はもうどうしようもなく薬品に蝕《むしば》まれていたのです。

先生、あの子は今眠っているのです。まだ間に合います。どうか助けてください。

いいですか。あの子はもう助からないのです。

そんなはずはありません。ただちょっと臭うだけです。だから、どうか助けてください。

あの子はもう目覚めることはありません。ゆっくりと休ませてあげなさい。

そのとき、わたしは悟りました。いつの間にか娘は召されていたのだと。

わたしは自分を責めました。なぜ、わたしはあの子をB医師などのところに連れていってしまったのだろうか、と。

あなたは自分を責めるべきではありません。わたしの見たところ、あの子の傷は重篤なものではなかった。もし正しく処置をしていたら、何の問題もなく治癒していたはずでしょう。

ならば、悪いのは誰ですか？　娘の命を奪ったのは何者ですか？

それを聞いてどうするつもりですか？

復讐をするのです。

あなたの無念はわかります。しかし、復讐とは穏やかではない。

では、娘を殺した男をのうのうと生かしておけとおっしゃるのですか？

もし、あなたがその医師を傷付けたりすれば、あなたは犯罪者として処罰されることになるでしょう。

わたしはそれでも構いません。

わたしの言葉であなたは決意したことになります。それはわたしの良心に反することです。

まさか、先生は自分の共犯になることを恐れておられるのですか？

いえ。そんなことは絶対にありません。

これは失礼しました。……確かにわたしが考えのない行動を起こすと、先生に迷惑がかかるかもしれませんね。しかし、だとすると、わたしのこの気持ちはどうすればいいのでしょうか？

このような不幸なことがこれ以上続かないようにするには何をすればいいかを考えてください。わたしなら、彼女を救うことができました。もし、わたしのクリニックがもっと大きければ、より多くの人々が訪れるようになることでしょう。あなたの財産を……。

わかりました。

はい。

わたしは法的な処置をとります。

法的？

B医師は医療過誤を犯した。だから、彼を訴えて、それを証明するのです。

そのようなことが娘さんの望むことでしょうか？

わたしは探偵を使って、あいつの過誤の証拠を摑みます。先生にもどうかご協力をお願いします。

……………。

先生は明言しませんでしたが、きっと協力してくれると思います。どうかよろしくお願いします。わたしは絶対に娘の無念を晴らしたいのです。


「A氏はB医師を陥れる必要はないと考えているようだ」わたしは礼都に答えた。「そんなことをしなくても証拠は集まると」

「証拠はどこにあるの？　少なくともB医師のところにはなかったわよ」

「クライアントはC医師の証言が証拠になると考えている」

「医者は医者を訴えるのに消極的だと聞くけど」

「医者同士は争わないという不文律《ふぶんりつ》があるようだ。しかし、A氏の話を聞く限り、C医師は真摯《しんし》な人物らしい。ちゃんと、言葉を尽くして説得すれば、証言は得られるはずだ」

「仮に得られたとしても、間接的な証拠にしかならないんじゃない？」

「それでも、構わないんじゃないか？」

「C医師が診察したのは、すでに悪化した後なんでしょ？　それがB医師の医療過誤の結果だと証明できるかしら？」

「それは何とも言えないな。医者が診ればわかるものなのかもしれない」

「もしそうだとしても、主観的な印象だけでは証拠として弱いわよ。客観的なデータがないと」

「C医師のところにデータが残っているかもしれない。一度C医師のところに行って確認してきてくれないか？　どうもA氏の話だけでは埒が明かないようだ」

「それは構わないけど、出張費は出るんでしょうね。前の分もまだ払ってもらってないんだけど？」

「ああ。大丈夫だ。ただ、報酬と経費は成果が出た時点で払ってもらうことになってるから、もう少し先になるけどね？」

「ちょっと待って。あんた何言ってるの？」

「何かおかしなこと言ったか？」

「それって成果が出る前提ってこと？」

「そりゃ、成果を出してくれるように依頼してるんだから、当然だろ」

「どうして、着手金《ちゃくしゅきん》貰わなかったの？　成果が出なかったら、どうなるの？」

「その場合は、報酬は受け取れないよ」

「馬鹿なの？　経費はすでに発生してるのよ」

「経費って？」

「人件費よ。わたしの時給」

「ああ」

「『ああ』って何よ」

「そこは成果が出るように頑張るしかないんじゃないかな？」

「成果って何？」

「何ていうか」俺は頭を搔いた。「クライアントの希望を実現することかな？」

「それはつまりどういうこと？」

「前にも言ったけど、B医師の医療過誤を証明することだろ」

「それができないときの話をしてるの」

「だから、できるように努力するしかない」

「能力の話じゃないの。そもそもが原理的に不可能だった場合の話よ。B医師を陥れるのはなしなんでしょ？」

「ああ。それはクライアントの望んでいることではないということだ」

「では、B医師の無実が証明されたら、報酬はなしなのね？」

「ちょっと待ってくれ。何を言ってるんだ？　A氏はB医師が医療過誤を起こしたと……」

「それはあくまで、A氏の個人的な見解に過ぎないわ」

「A氏だけじゃない。C医師もまたそう考えているそうだ」

「だとしたら、頼みの綱はC医師ね」礼都は溜め息を吐いた。「もしC医師にB医師の過誤が証明ができなかったら、そのときはどうするの？」

「……A氏にその旨説明するしかない」

「説明して、どうするの？　ちゃんと報酬は請求できるの？」

「そこは説得するしかないな。クライアントが納得してくれたら、それなりの報酬は払ってくれるだろう」

「信じてるわよ。わたしはこれからC医師の証言を貰ってくる。C医師の連絡先は？」

俺は礼都にC医師の連絡先が書かれたメモを渡した。

「B医師は無実よ」調査から戻ってきた礼都は報告した。「以上」

「いや。それだけじゃ駄目だろ」

「それ以外に言うことはないわ」

「いくら何でも、ちゃんとそれなりの報告書を提出しないとクライアントも納得しない」

「報告書を書く気力なんてないわ。でも、口頭での報告ぐらいはできるから、それを勝手に報告書にして」

「探偵補佐としては最低の仕事レベルだが、今回は不問に付そう」

「ありがとう。感謝するわ」礼都は馬鹿にしたような調子で言った。

「それで、なぜB医師が無実だと思うんだ？」俺は礼都の態度に気付かないふりをした。

「前に言った通り、B医師の処置は間違っていなかった。細菌で汚染された可能性のある傷口を消毒し、抗生剤を処方した」

「しかし、その処置のおかげで彼女は重体となり死亡した」

「処置との因果関係は証明できる？」

「できないが、状況証拠はあるんじゃないか？　C医師の証言とか」

「そのC医師の証言がB医師の無実の証拠になったのよ」

「言ってることの意味がわからない」

「まず重要な事実があるわ。C医師は『医師』ではなかったのよ」

「何だって？」

「暫定的《ざんてい》に『C医師』と呼ぶけど、彼にはもっと相応の呼称を付けるべきね。A氏とC医師の出会いは、A氏が妻を亡くした直後だったの。A氏の妻は娘を産んですぐに亡くなったのは知ってるわね」

「ああ。だけど、そのことは今回の事件とは直接関係ないと思っていた」

「妻を失い、乳《ち》飲み子を抱えて途方に暮れていたA氏にC医師は近付いたの。もちろん、医師だとは言わなかった。単に医療関係者だと言ったのよ。でも、最初にどう自己紹介したかなんて、普通は覚えていないし、C医師が自信たっぷりに医療知識をひけらかすものだから、いつの間にかA氏はC医師を医者だと思い込んでしまったのよ」

「まさか、いくらなんでもC医師が偽医者だったら、A氏も気付くだろう」

「C医師は自分のことを一度も医者だとは言わなかった。ここが重要なところよ」

「しかし、医院を構えていたんだろ？」

「どこにも、『医院』や『診療所』という看板は掛かっていなかったわ。C医師はその場所のことを『クリニック』と呼んではいたけど、口頭で言うだけだと法的にはグレーゾーンね」

「医師でないとしたら、薬を出したりはできないんじゃないか？」

「買ってきた市販薬を出すことはできるんじゃない？　そもそも、C医師が出す薬はメーカー品じゃなく、怪しげな漢方薬や自分で集めてきた野草のようなものだったわ。あの建物もとても病院には見えなかった。あれは住民のいなくなった単なる木造アパートよ。ちゃんと契約しているのか、勝手に住み着いているかわからないけど」

「ちょっと待ってくれ。A氏はそこをクリニックだと言ったぞ」

「A氏はそこを医院だと思い込んでしまった。一度思い込めば、そう見えてしまうの。C医師は心を病んだA氏に付け入り、彼にカウンセリングを施した。それがまともなものだったのかどうかはわからないけど、A氏には効果があった。そして、数か月その『クリニック』に通っている間にA氏はすっかり洗脳されてしまった」

「洗脳？」

「『洗脳』という言葉が悪いなら、布教と言い換えてもいいわ。C医師の主張は『人体には本来の治癒力が存在し、それを活性化しさえすれば、どんな病気でも治癒する。現代の医学はその治癒力を弱らせてしまうことに他ならない。治療によって、一時的に病状はよくなるが、長い目で見ると寿命を縮める行為なのだ』というものよ」

「そんな酷いものではないように思うが」

「まあ、日常罹《かか》る病気――風邪とか腹痛とか――はたいてい日が経てば治るし、怪我だって感染がなければ大ごとにはならない。だから、適当な野草を与えたり、それらしい儀式をしていれば、そのうち治ってしまう。A氏はそれを自然に治ったと考えずに、C医師の治療のおかげだと誤解したの。まあ、軽い病気や怪我のうちはそれでも問題ないわ。でも、進行性の病気や重い感染症に罹った場合、自然には治癒しない」

「A氏の娘に、いったい何が起こったんだ？」

「A氏はC医師――やっぱり『医師』と呼ぶには抵抗があるので、『呪術師』と呼ぶわね。呪術師の教えを忠実に守ったの。まず傷口に当ててあったガーゼを取り除き、河原の土を塗り、またガーゼを被せた」

「なぜそんなことを？」

「自然の治癒力を目覚めさせるためよ。もし川に病原菌がいたのなら、同じ場所にそれを消す力もあるはずだという思想よ」

「ひょっとしたら、わざと病原菌を体内に取り込ませることで免疫を得ようとしたんじゃないか？　予防接種みたいな原理で」

「勝手にいいように解釈しないで。そもそもワクチンというのは、病原体を無毒化したり、弱毒化したりして、使うものなの。そのままを体内に入れて、効果があるなら、そもそも感染症に罹る人はいないはずだわ」

「いや。君の言うことが正論なのはわかってるよ。ただ。俺はクライアントの気持ちになって言っただけだ」

「A氏は処方された抗生剤は購入せず、処方箋も破棄したの」

「抗生剤を信じていなかったから？」

「そう。耐性菌を生み出す悪魔の薬だと思っていたからよ」

「でも、実際に耐性菌を生み出すことはある訳だろ」

「医者の指示した使用方法の通りにすれば、まず耐性菌は発生しないわ。それに、感染の疑いが濃厚なときに抗生剤を使用しないという選択肢も常識的にはあり得ないわ」

「しかし、医者の判断を採用するかどうかは患者側の自由だろ」

「患者自らの判断の場合はね。でも、これは患者自らの判断ではなかった」

「でも、保護者の判断だ。尊重されるべきだろう」

「わたしは法律の判断をしているのではないわ。単に事実と世間の常識を述べているだけ」

「そうだろうね」

「一、二日の間は変化はなかった。だが、ある朝、起きてみると治りかけていたはずの傷が腫れ上がって、娘は痛みを訴えていた。この時点でA氏が娘をB医師か、もしくはそれ以外のまともな医者の所に連れていっていれば、おそらく簡単な治療で回復したはずだったわ」

「だが、A氏はそうしなかった」

「彼は呪術師から貰った草の汁を傷口に塗り付け、そして化膿止めの呪文を唱えたの。すると、娘は痛みがなくなったと言った」

「少なくとも、痛みをとる効果はあった訳だ」

「子供に暗示をかけるのは簡単よ。『痛いの痛いの飛んでいけ』と言えば、軽い痛みはそれで消えてしまうの」

「痛みが消えるのならそれでいいじゃないか」

「軽い打ち身とかだったら、そのまま治ってしまうからそれでもいいかもしれないわ。でも、化膿した傷は暗示では治らない」

「精神状態は免疫に影響を及ぼすという研究を聞いたことがある」

「そういうことがあるということは否定しない。だけど、化膿した傷を薬ではなく、暗示で治そうとする医者がいたとしたらわたしは信じない。そして、治そうとした人物が医者でなかったとしたら、なおさら信じない」

「だけど、Ａ氏は信じた訳だ」

「そこが重要なポイントね。娘は痛みはなくなったと言ったが、もちろん傷の外見は変わらず、熱まで出てきた。そして、脚を引き摺るようになった」

「Ａ氏の判断は？」

「Ｂ医師の使用した消毒剤の影響だと考えたようよ」

「消毒剤は生体にダメージを与えるというのは本当だろ？」

「医者が治療に使うぐらいでは、たいしたダメージはない。あったとしても、細菌感染による化膿そっくりの状態にはならない」

「医者でないＡ氏にそこまでの判断は無理だろう」

「そう。医者でないなら、判断は医者に任せるべきだったのよ。でも、Ａ氏は自ら判断した」

「Ａ氏は娘をＣ医師に診せたはずだ」

「それが最大の判断ミスよ」

「Ｃ医師が判断ミスをしたということだろう？」

「医師ではなく、呪術師よ。彼は医者ではないし、医者を名乗った訳でもない。だから、Ａ氏より罪が重い訳ではない」

俺は手で顔を覆った。「この話は俺には重過ぎる」

「あなたは対峙《たいじ》しなくてはいけないわ」

「A氏は俺のクライアントだからな。……C——呪術師は娘に何をした？」

「娘の傷の具合を見て、これはB医師による間違った治療の結果だと断言したわ。それを聞いてA氏は自らの判断が正しかったと納得した」

「呪術師は市販の薬を使って治療したのか？」

「いいえ。彼は祭壇を作り、その前に娘を横たえたの。全裸にした彼女を冷たく固い床の上に直接。そして、自らも裸になり、熱湯を柄杓《ひしやく》で彼女にかけながら、呪文を唱え、踊り出した」

「その行為にどういう意味があるんだ？」

「さあ。意味なんかないんじゃないかしら？」

「熱湯には消毒の効果があるんじゃないか？」

「人体を熱湯で消毒するなんて馬鹿げているわ」

「ああ。馬鹿げているな」

「A氏はその様子を見て、安心したの。この治療で娘は助かると」

「その儀式を治療だと思っていたんだろ？」

「治療だと思っていたみたいね。だけど、娘は苦しみ続けた」

「Ａ氏はそれを黙って見ていた」

「回復へのプロセスだと信じていたの。彼女はどんどん衰弱し、そして動かなくなった」

「そのとき、Ａ氏が娘を病院に連れていったら、彼女は助かったのだろうか？」

「それは今となっては、もう誰にもわからないわ。彼女がなくなった正確な時期もわからない。呪術師が彼女の死を宣告したのは、死後硬直も終わり、腐敗が始まった後だったから」

「警察の判断は？」

「警察は判断していない。なぜなら、警察には通報していないから」

俺は頭を抱えた。

「どうする？　警察に通報すべきだと思うか？」

「わたしはどっちでもいい。お金が貰えるなら」

「警察に通報したら、クライアントの希望に添えなくなるような気がする」

「わたしもそんな気がするわ。まあ、確証はないけど」

「俺は……。俺が対決しなければならないんだろうか？」

「わたしはやらないわよ。それなりの報酬が貰えないなら」

「君は金のためにしか動かないんだったな」

「そんなことはないわ。わたしが動くことで面白くなりそうだったら、話は別よ。でも、この話はもうこれ以上面白くなりそうにないわ」

「確かに、この話は何をどうしようと面白くなりそうにない。苦しみが待つばかりだ」

「あら。苦しみだって、楽しいのよ。自分の苦しみでなければ」礼都は少しはしゃいだ声で言った。

「呪術師に会いに行く」俺はついに決心した。

「何しに来た？」年老いた呪術師の声は老人のものとも老婆のものとも判断が付かなかった。その肉体はあまりにも老いさらばえており、罅《ひび》割れして、乾燥して今にも粉々になってしまいそうだった。

「真実を確かめるために」俺は部屋の中を見回した。

そこはとても病院には見えなかった。床の上にはさまざまな本や何のために使うのかわからない道具が散乱していた。元が何かわからない腐敗臭を放つ物体もあちこちに転がっている。照明は薄暗くそれらごみのようなものの輪郭はぼんやりとして、空間に染み広がっていくようだった。

「これら何だ？」俺は尋ねた。

「呪術の文献だ。それと呪具だ」呪術師は答えた。

呪術師が着ているものは白衣などではなかった。もはや元の色が何であるかはわからなかったが、様々な布切れを縫い合わせたもののように見えた。まるでそれ自体が腐敗しているかのようにぎとぎとと油じみていて、汗だか体液だかを滴《したた》らせていた。その布をすっぽりと頭から被っているため、髪の毛の様子はよくわからないし、脚もよく見えない。ただ、罅割れた顔と手はよく見えていた。真っ赤な口紅とマニキュアを付けている。

俺は強い吐き気を覚えた。

「すると、あんたが呪術師だというのは本当なんだな？」

「何だと思ったんだ？」

「てっきり医者だと」

呪術師はひゅうひゅうと喉から音を出した。一分程その音を聞いているうちに、それが笑い声であることに気付いた。

「何を笑っているんだ？」俺は呪術師の態度を不快に感じた。

「おまえがあまりに馬鹿げた間違いをしでかしたからだ」

「ここは臭い」俺は正直に言った。「あまりに不潔だ」

「細菌も微生物もすべて生命だ。つまり、腐敗があるところは生命に満ち溢れた場所だとも言える」

「屁理屈だ」

「いいや。正論だよ」

「病原菌は生命を奪う」

「人間は体内の微生物によって生かされている」

「それは知っている。だが、俺が言っているのは、そういう話ではない」

「では、何の話だ？」

「A氏の娘に何をした？」

「おまえは知ってるはずだが？」

「あんたの口から聞きたいんだ」

「治療を施しただけだ」

「医者でもないものが治療を施すことなんかできない」

「医療行為ができないだけだろ？」

「おまえがやったことは医療行為ではないと？」

「ああ。あれは呪術だ。わたしは薬も使っていないし、注射もしていないし、手術もしていないし、レントゲン写真すら撮っていない。何一つ法律違反はない」

「妙な草の汁を使ったんではないか？」

「草の汁を塗ったら、法律違反なのか？　そもそも、あの娘に草の汁を塗ったのは、わたしではない」

ああ。草の汁を塗ったのはA氏だったたか。

「熱湯をかけたり、奇妙な踊りを踊っただろう」

「ああ。そうだね。でも、あれは儀式だ。医療行為ではない」

「それで、娘が治ると言わなかったのか？」

「それでは、世の中の教会や神社仏閣はすべて法律違反なのか？　街角の占い師は犯罪者か？　わたしがやっているのは、明らかに呪術なんだよ。医学や科学ではない。嘘偽りは一つもない」

「A氏はあんたを医者だと思っていた」

「それは勝手な思い込みだ。それとも、警察は、ここを病院、わたしを医者だと考えると思うかい？」

俺は首を振った。「では、誰が悪いと言うんだ？」

「悪者を作らないといけないのか？」

「誰も悪くないのなら、なぜA氏の娘が死んだんだ?」

「では、考えてみよう」呪術師が言った。「娘が死んだのは、娘自身のせいだろうか?」

「そんなはずがなかろう。彼女は幼く、何の悪意もない」

「では、彼女の父親か?」

「A氏は必死で娘の命を守ろうとした。医者でもないあんたを信じたのは間違いだったかもしれないが、それは悪意から生まれたものではない」

「では、B医師か?」

「彼は真っ当な医者だ。初診の後、来なくなったA氏のことを不審に思うべきだったというのは結果論だ。そんなことにまで気を配っていたら、開業医などできないだろう」

「では、このわたしか?」

「あんたの言葉を信ずるなら、あんたはただの呪術師に過ぎない。A氏を強制した訳ではない。娘をあんたに委《ゆだ》ねたのはA氏の自由意思だ」

「ほら。誰も悪くはないじゃないか」

「いや。俺はあんたの言葉なんか信じない。もし悪い人間がいたとしたら、あんただと思う」

「わたしはただの善良な呪術師だ」

「もしあんたが正常な人間だとしたら、A氏の異常性に気付いていたはずだ。なぜ、彼に娘をまともな医者のところへ連れていけと助言しなかった？」

「わたしも正常ではないからだ」呪術師は黄色く尖った歯を見せて笑った。「わたしは自分の呪術を信じている。現代医学よりも効果があるのだ」

「嘘だ」

「嘘なものか」

「では、俺に呪いを掛けてみるがいい。そうすれば信じてやろう」

「それは容易いことだが、後悔はないのか？」

「後悔？　呪いなどないのだから、後悔などするはずがない」

「実はもう呪いは掛かっているのだ」

「何を言い出すかと思ったら……。すでに呪いが掛かっている者にさらに呪いを掛けることはできないとか、そのようなことを言って、お茶を濁すつもりだな。そんな出まかせな言葉で俺を騙せると思っているのか？」

「誤魔化すつもりはない。すでに呪いに掛かっている人間に呪いの効果を示すのは簡単だからだ」

「二重に呪いを掛けるとでも言うのか？」

「反対だよ。呪いを解けばいいんだ。呪いが掛かれば人は変わってしまう。だから、解ければ元に戻る。掛かった状態が普通だと思えば、解かれた状態は異常だということになる。だから、掛けるのも解くのも同じようなことなのだ」

「全く馬鹿げた言い訳だ。さあ、呪いを掛けるも解くも自由にするがいい」俺は両腕を広げ、呪術師を挑発した。

呪術師は静かに頷いた。そして、襤褸《ぼろ》を脱ぎ始めた。その皮膚は一面に腫《は》れ物や瘡蓋《かさぶた》ができ、赤黒い痣《あざ》に塗《まみ》れていたが、それより目を引いたのは、首から下の全身に施された入れ墨であった。それはヤクザがするような写実的なものではなく、奇妙な図形から構成されていた。幾何学的なようでどこか歪《いびつ》であった。人を不安にさせる特別な角度を基準に描き込まれているようだった。

呪術師は呻き声を上げながらわたしの周りをゆっくりと回り始めた。

「いあ！　いあ！　くとひゅーるひゅー・ふたぐん！　ふんぐるい・むぐるうなふー・くとひゅーるひゅー・る・りえー・うがなぐる・ふたぐん・めね・めね・てける・うぷはるしん！」

「おい、やめろ！」俺は言った。「これでは消えてしまう」

部屋の隅に蒼ざめた顔のA氏がいた。

「ここにいたのか？　全部聞いていたのか？」

A氏は薄暗がりの中で頷いた。

「全部知っていたのか？」俺は恐怖におののきながら尋ねた。

「ああ」

「なら、なぜ俺に依頼したんだ？」

「救いたかったからだ」

「誰をだ？　あんたか？　俺か？」

「同じことだ」

部屋が——世界が回転を始めた。

呪術師の姿と声がどんどん薄れていった。


呪術師はいつの間にかいなくなっていた。

そして、わたしは床の上に倒れていた。

ここはさっきまでの場所だった。だが、そこが探偵事務所であることもわかっていた。

A氏の姿は見えない。

当然だ。わたしがA氏だからだ。

わたしは洗脳された自分を救い出すために、自分の中に探偵を作り出したのだ。そして、呪術師と戦ったのだ。

だが、これで本当にわたしは自分を救うことができたのだろうか？　呪術師の作り出す夢の中で漂い続ける方がより苦しみの少ない人生だったのではないだろうか？

わたしはよろよろと立ち上がる。もうもうと埃《ほこり》が舞い上がる。

壁には罅《ひび》割れた鏡が掛かっていた。

そこに初老の男性の姿が映っていた。

娘が亡くなってもう随分になる。年老いて当然だ。

もし、あの子が生きていたなら、彼女と同じぐらいの齢になっていただろうか？

次々と難事件を解決する探偵志望の女性。そんな都市伝説を聞いたのはいつのことだったろうか？　わたしは彼女に向けての広告を出した。わたしは彼女に手助けをして貰おうと思ったのだ。彼女が善なるものではないとしても。

あの子だったら、よかったのに。

そうだ。彼女に伝えなければならない。

わたしは呪術師から解放されたのだと。

「新藤さん」わたしは隣の部屋の彼女に呼び掛けた。

だが、返事はない。

「新藤さん、伝えたいことがあるんだ」わたしはドアを開けた。

部屋の中は床の上にも机の上にも埃が積もっていた。

そこに足跡などはなかった。

初出

ユーチューバー　「ｗｅｂ光文社文庫」二〇一八年二月〜三月
メイド喫茶店員　「ｗｅｂ光文社文庫」二〇一八年三月〜四月
マルチ商法会員　「ｗｅｂ光文社文庫」二〇一八年四月〜五月
ナンパ教室講師　書下ろし
鶯　嬢　書下ろし
探偵補佐　書下ろし

光文社文庫

文庫書下ろし&オリジナル

因業探偵《いんごうたんてい》 リターンズ 新藤礼都《しんどうれつ》の冒険《ぼうけん》

著者 小《こ》林《ばやし》泰《やす》三《み》

2018年12月20日 初版1刷発行

発行者 鈴木広和
印刷 萩原印刷
製本 ナショナル製本

発行所 株式会社 光文社
〒112-8011 東京都文京区音羽1-16-6
電話 (03)5395-8149 編集部
8116 書籍販売部
8125 業務部

ISBN978-4-334-77766-1 Printed in Japan

組版 萩原印刷